全新修訂版

日檢N4

聽解總合對策

日檢聽解名師 今泉江利子、本間岐理 著

N4聽解 必考 重點整理 ＋ 圖解 流程分析 四大題型 ＋ 4回 全新 模擬試題 ＝ 最完整的聽解祕笈

每天背10個單字或句型 20天掌握必考關鍵字！

每週寫1回模擬試題 4週有效訓練作答能力！

考前反覆聽MP3 熟悉語速不驚慌！

日檢 N4 聽解總合對策 / 今泉江利子、本間岐理著 . --
修訂一版 . -- 臺北市 : 日月文化 , 2018.07
248 面 ; 19X26 公分 . -- (EZ JAPAN 檢定 ; 30)
ISBN 978-986-248-739-6（平裝附光碟片）

1. 日語 2. 能力測驗

803.189 107008739

EZ JAPAN 檢定 30

日檢N4聽解總合對策（全新修訂版）

作　　者：今泉江利子、本間岐理
譯　　者：詹兆雯、游翔皓
主　　編：蔡明慧
編　　輯：彭雅君
編輯小組：鄭雁聿、顏秀竹、陳子逸、楊于萱、曾晏詩
特約編輯：葉憶瑾
錄　　音：今泉江利子、仁平亘、本間岐理、須永賢一、吉岡生信
封面設計：亞樂設計
內頁排版：簡單瑛設
錄音後製：純粹錄音後製有限公司

發 行 人：洪祺祥
副總經理：洪偉傑
副總編輯：曹仲堯
法律顧問：建大法律事務所
財務顧問：高威會計師事務所
出　　版：日月文化出版股份有限公司
製　　作：EZ叢書館
地　　址：臺北市信義路三段151號8樓
電　　話：(02)2708-5509
傳　　真：(02)2708-6157
客服信箱：service@heliopolis.com.tw
網　　址：www.heliopolis.com.tw
郵撥帳號：19716071 日月文化出版股份有限公司

總 經 銷：聯合發行股份有限公司
電　　話：（02）2917-8022
傳　　真：（02）2915-7212
印　　刷：中原造像股份有限公司
修訂一版：2018年7月
修訂一版6刷：2024年4月
定　　價：320元
I S B N：978-986-248-739-6

本書特色

掌握聽解關鍵語句，是捷徑！

今泉江利子老師累積多年觀察日檢考試出題方向，彙整了常出現的單字、句型、慣用語、口語表現。讓你快速掌握題目關鍵用語。

單字＋重音 ❶

單字

單字	中譯
氏名 1	姓名
住所 1	地址
暗証番号 5	密碼
免許証 0	駕照
形 0	形狀
デザイン 2	設計
ポケット 2	口袋
乗り物 0	交通工具
改札口 4	剪票口
席 1	座位
往復 0	往返；來回
信号 0	紅綠燈
横断歩道 5	斑馬線
やけど 0	燒燙傷
けが 2	受傷
プラスチック 4	塑膠

句型＋例句 ❷

句型

表示「決定」購買商品時

動詞（字典形）ことにする　決定～
名詞にします　我要～
名詞をください　請給我～
名詞をもらいます　我要～
名詞をお願いします　麻煩請給我～
名詞がいい　～好
そうしましょう　就這麼辦吧
はい、いいです　可以
ええ、けっこうです　好的
ええ、かまいません　沒關係
ええ、大丈夫です　沒問題

例 F：これを買うことにしませんか。
要不要就決定買這個呢？
M：そうですね。そうしましょう。
是啊，就這麼辦吧。不好意思，麻…
例 F：赤しかないんですが、よろしい…
只剩下紅色的，可以嗎？

慣用語＋例句 ❸

慣用句・常用句

久しぶり、お久しぶりです、しば…
ごめん（なさい）、すみません、…

すみません也有「請問」「借過」…
務生時的招呼語「不好意思」等意…

いらっしゃいませ　歡迎光臨
お先にどうぞ　您先請
お元気で　請保重
失礼します　打擾了
おだいじに　請保重
それはいけませんね　那可不好吧
いろいろお世話になりました　受…
おかげさまで（合格できました）

縮約語、尊敬語、謙讓語・丁重語 ❹

口語表現

常體（動詞・イ形容詞・ナ形容詞・名詞）口語變化

縮約形變化	例句
常體と⇒常體って	来ると言った⇒来るって言った
常體ということだ ⇒常體って（ことだ）	来るということだ ⇒来るって（ことだ）
常體そうだ⇒常體って	来るそうだ⇒来るって
常體（V・A）のだそうだ ⇒常體んだって	来るのだそうだ ⇒来るんだって
常體（Na・N）なのだそうだ ⇒常體なんだって	学生なのだそうだ ⇒学生なんだって

動詞口語變化

縮約形變化	例 句
Vてぃる⇒Vてる	食べている⇒食べてる
Vてぃく⇒Vてく	持っていく⇒持ってく

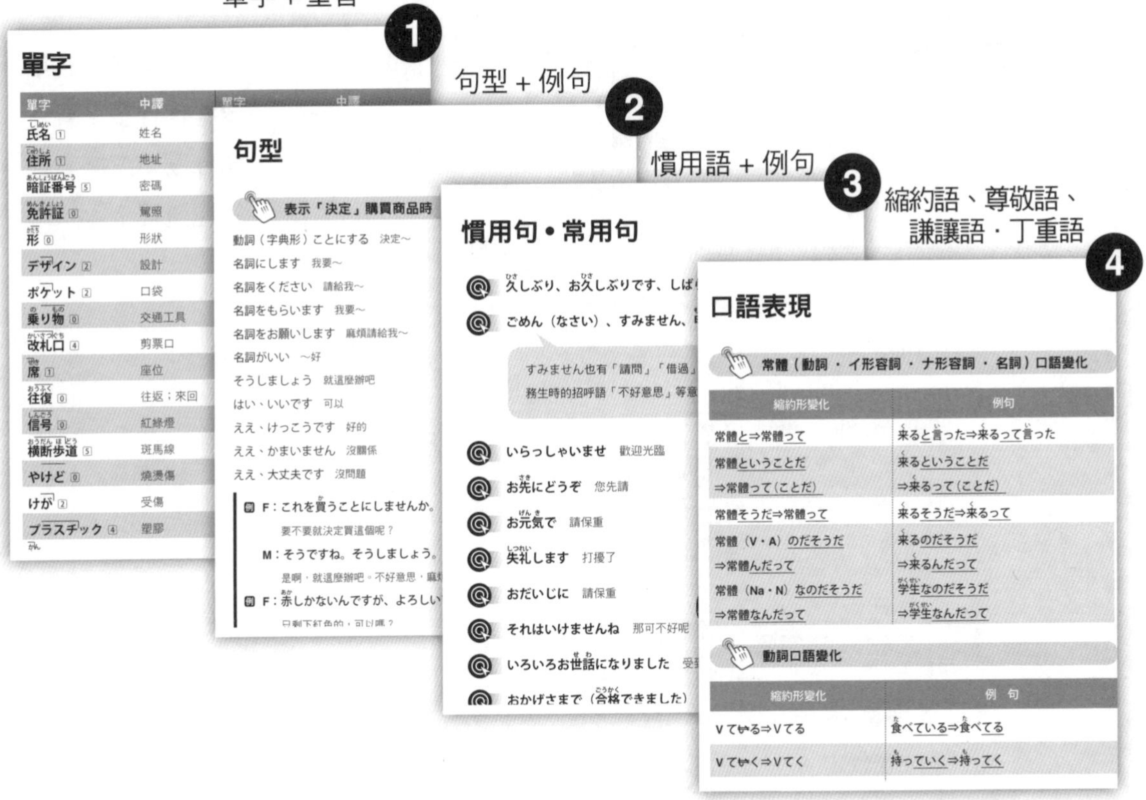

必勝關鍵：請大聲複誦，加強語感。同時考前再複習一下，加深記憶。

理解四大題型，是第一步！

完全剖析聽解四大題型的**題型特性**、**答題技巧**、**答題流程**。更將**答題流程圖解化**，方便**輕鬆快速掌握答題節奏**。**雙倍題目量**反覆練習，養成日語耳反射作答的境界。

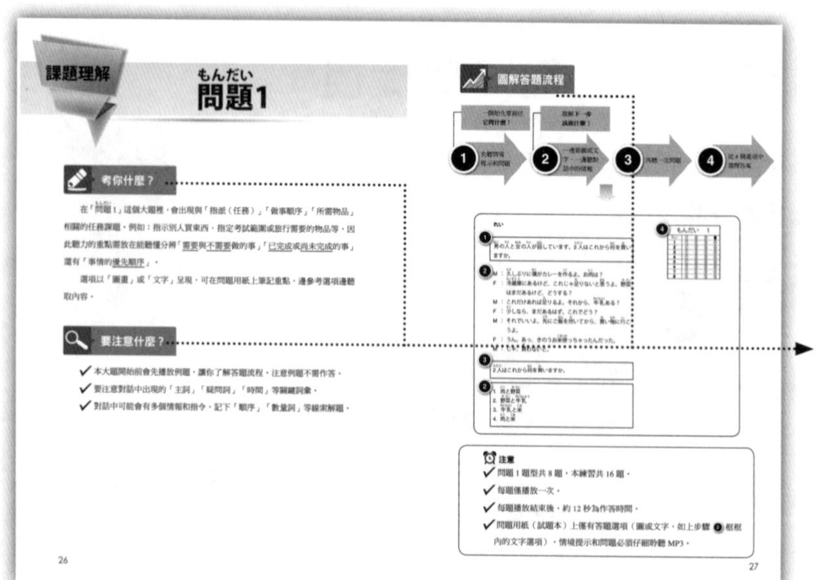

課題理解

もんだい
問題1

考你什麼？

在「問題1」這個大題裡，會出現與「指派（任務）」「做事順序」「所需物品」相關的任務課題。例如：指示別人買東西、指定考試範圍或旅行需要的物品等，因此聽力的重點需放在能聽懂分辨「需要與不需要做的事」「已完成或尚未完成的事」還有「事情的優先順序」。

選項以「圖畫」或「文字」呈現，可在問題用紙上筆記重點，邊參考選項邊聽取內容。

要注意什麼？

- ✓ 本大題開始前會先播放例題，讓你了解答題流程，注意例題不需作答。
- ✓ 要注意對話中出現的「主詞」「疑問詞」「時間」等關鍵詞彙。
- ✓ 對話中可能會有多個情報和指令，記下「順序」「數量詞」等線索解題。

26

圖解答題流程

3 2人はこれから何を買いますか。

2
1. 肉と野菜
2. 野菜と牛乳
3. 牛乳と米
4. 肉と米

注意

- ✓ 問題1題型共8題，本練習共16題。
- ✓ 每題僅播放一次。
- ✓ 每題播放結束後，約12秒為作答時間。
- ✓ 問題用紙（試題本）上僅有答題選項（圖或文字，如上步驟 2 框框內的文字選項），情境提示和問題必須仔細聆聽MP3。

27

先看一下該大題型要考你什麼？要注意什麼？怎麼掌握答題流程？

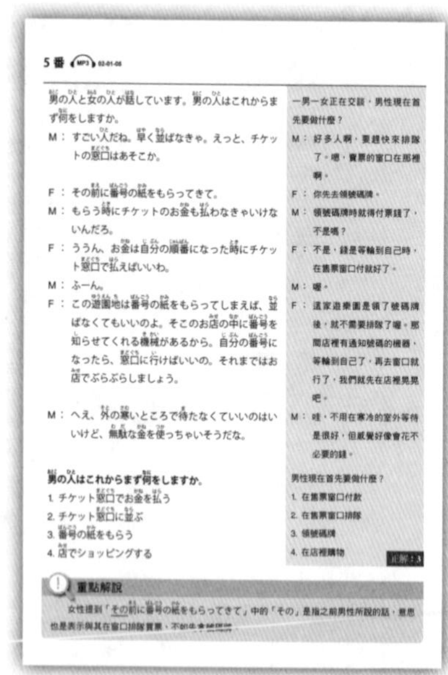

5番 MP3 02-01-06

男の人と女の人が話しています。男の人はこれからまず何をしますか。	一男一女正在交談，男性現在首先要做什麼？
M：すごい人だね。早く並ばなきゃ。えっと、チケットの窓口はあそこか。	M：好多人啊，要趕快來排隊了。嗯，賣票的窗口在那裡啊。
F：その前に番号の紙をもらってきて。	F：你先去領號碼牌。
M：もらう時にチケットのお金も払わなきゃいけないんだろ。	M：領號碼牌時就得付票錢了，不是嗎？
F：ううん、お金は自分の順番になった時にチケット窓口で払えばいいわ。	F：不是，錢是等輪到自己時，在售票窗口付就好了。
M：ふーん。	M：喔。
F：この遊園地は番号の紙をもらってしまえば、並ばなくてもいいのよ。そこのお店の中に番号を知らせてくれる機械があるから。自分の番号になったら、窓口に行けばいいの。それまではお店でぶらぶらしましょう。	F：這家遊樂園是領了號碼牌後，就不需要排隊了喔。那間店裡有通知號碼的機器，等輪到自己了，再去窗口就行了，我們就先在店裡晃晃吧。
M：へえ、外の寒いところで待たなくていいのはいいけど、無駄な金を使っちゃいそうだな。	M：哇，不用在寒冷的室外等待是很好，但感覺好像會花不必要的錢。
男の人はこれからまず何をしますか。	男性現在首先要做什麼？
1. チケット窓口でお金を払う	1. 在售票窗口付款
2. チケット窓口に並ぶ	2. 在售票窗口排隊
3. 番号の紙をもらう	3. 領號碼牌
4. 店でショッピングする	4. 在店裡購物

正解：3

重點解說

女性提到「その前に番号の紙をもらってきて」中的「その」是指之前男性所說的話，意思也是表示與其在窗口排隊買票，不如先拿號碼牌

中日對譯搭配重點解說，讓你知道錯在哪？立即導正！

必勝關鍵：圖解答題流程，跟著做完美應試

模擬考很重要！

三回模擬試題暖身，反覆練習讓你越做越有信心。

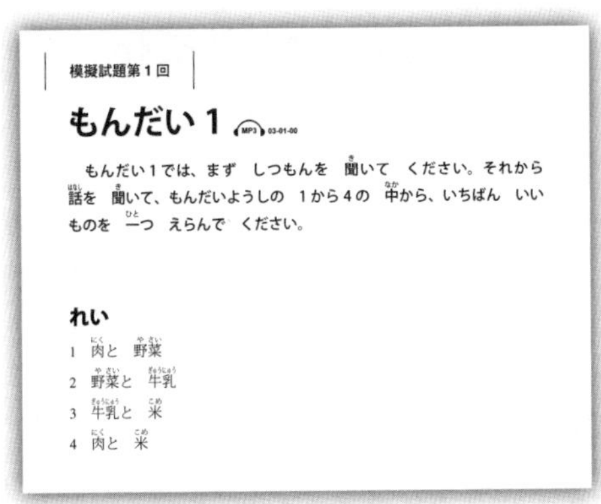

模擬試題第1回

もんだい1 MP3 03-01-00

もんだい1では、まず しつもんを 聞いて ください。それから 話を 聞いて、もんだいようしの 1から4の 中から、いちばん いい ものを 一つ えらんで ください。

れい

1 肉と 野菜
2 野菜と 牛乳
3 牛乳と 米
4 肉と 米

給老師的使用小撇步

可先將書中的模擬試卷和解答撕下來統一保管，確保預試順利進行。

模擬試卷的考試題目數、出題方向、難易度、問題用紙、解答用紙、錄音語速、答題時間長短完全仿照日檢零落差。請拆下來，進行一回日檢模擬考。這一回將檢視你能掌握多少！

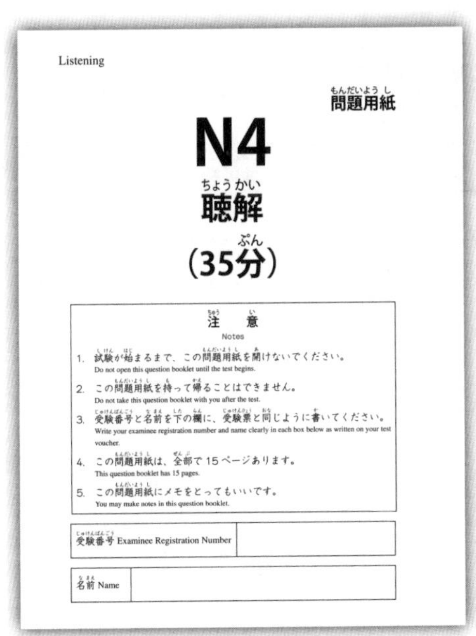

Listening

問題用紙

N4
聴解
（35分）

注　意
Notes

1. 試験が始まるまで、この問題用紙を開けないでください。
Do not open this question booklet until the test begins.
2. この問題用紙を持って帰ることはできません。
Do not take this question booklet with you after the test.
3. 受験番号と名前を下の欄に、受験票と同じように書いてください。
Write your examinee registration number and name clearly in each box below as written on your test voucher.
4. この問題用紙は、全部で15ページあります。
This question booklet has 15 pages.
5. この問題用紙にメモをとってもいいです。
You may make notes in this question booklet.

受験番号 Examinee Registration Number	
名前 Name	

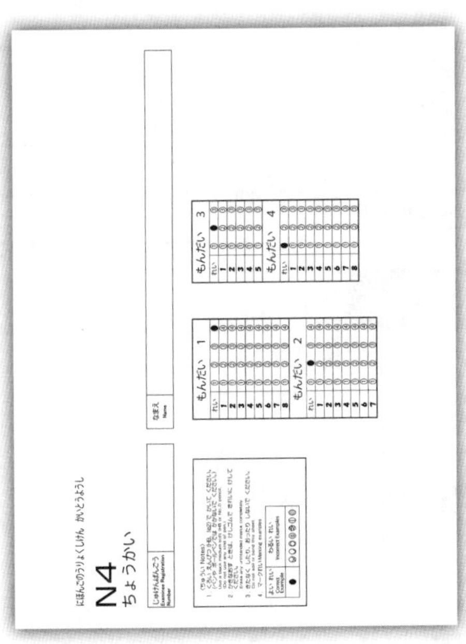

必勝關鍵：模擬試卷，請務必進行一次預試

本書品詞分類表

本書 ↓　　　　其他教材使用名稱

動詞

本書	其他教材使用名稱
動詞、V	動詞、V

動詞活用（變化）

本書	其他教材使用名稱
ナイ形	未然形
マス形	連用形
字典形	辞書形、終止形、連体形
假定形	ば形、条件形
意志形	意向形、意量形
テ形	ます形＋て
タ形	ます形＋た
可能形	可能動詞
被動形	受身形
使役形	使役形
使役被動形	使役受身形

形容詞

本書	其他教材使用名稱
イ形容詞、A	い形容詞、イ形容詞、A
ナ形容詞、NA	な形容詞、ナ形容詞、NA

名詞

本書	其他教材使用名稱
名詞、N	名詞、N

文型

本書	其他教材使用名稱
敬體	丁寧体、です体•ます体、禮貌形
常體	普通体、普通形

目次

CONTENTS

PART3　模擬試題

別冊　模擬試卷

高頻單字句型
慣用語
口語表現
重點整理

本單元彙整了「日本語能力試驗N4」常出現的「單字」「句型」；「慣用語／常用句」則是聚焦在初級一定要熟悉的日常招呼、應對用語。而「口語表現」常考的縮約（省略）語及「敬體」「常體」間的轉換，是聽解一大重點。請精熟本單元的重點整理。

Part 1

單字

單字	中譯	單字	中譯
氏名（しめい）1	姓名	動きやすい服（うごきやすいふく）	方便活動的服裝
住所（じゅうしょ）1	地址	歩きやすい靴（あるきやすいくつ）	方便走路的鞋子
暗証番号（あんしょうばんごう）5	密碼	燃えるゴミ（もえるゴミ）	可燃垃圾
免許証（めんきょしょう）0	駕照	燃えないゴミ（もえないゴミ）	不可燃垃圾
形（かたち）0	形狀	踏み切り（ふみきり）0	平交道
デザイン 2	設計	突き当たり（つきあたり）0	盡頭
ポケット 2	口袋	申し込む（もうしこむ）4	申請
乗り物（のりもの）0	交通工具	乗り換える（のりかえる）3 4	換乘；轉乘
改札口（かいさつぐち）4	剪票口	片付ける（かたづける）4	收拾；整理
席（せき）1	座位	売り切れる（うりきれる）4	賣完；售完
往復（おうふく）0	往返；來回	書き直す（かきなおす）4	重寫
信号（しんごう）0	紅綠燈	連れていく（つれていく）0	帶著～去
横断歩道（おうだんほどう）5	斑馬線	連れてくる（つれてくる）4	帶著～來
やけど 0	燒燙傷	まっすぐ行く（まっすぐいく）	直走
けが 2	受傷	相談する（そうだんする）0	商談；商量
プラスチック 4	塑膠	入院する（にゅういんする）0	住院
缶（かん）1	罐子	退院する（たいいんする）0	出院
瓶（びん）1	瓶子	故障する（こしょうする）0	故障
事故（じこ）1	事故	壊れる（こわれる）3	壞掉
手袋をする（てぶくろをする） ＝手袋をはめる（てぶくろをはめる）	戴手套	準備する（じゅんびする）1 ＝用意する（よういする）1	準備

單字	中譯	單字	中譯
地震（じしん） [0]	地震	戻る（もど） [2]	返回
探す（さが） [0]	尋找	運ぶ（はこ） [0]	搬運
引っ張る（ひっぱ） [3]	拉；拖	割る（わ） [0]	割；分開
濡れる（ぬ） [0]【自動詞】	濕	包む（つつ） [2]	包（上）
濡らす（ぬ） [0]【他動詞】	弄濕	具合が悪い（ぐあい わる）	身體不舒服
込む（こ） [1]	擁擠	食欲がない（しょくよく）	食慾不振
滑る（すべ） [2]	滑倒	用事がある（ようじ）	有事
足りる（た） [0]	足夠	雨が止む（あめ や）	雨停
売れる（う） [0]	暢銷	骨が折れる（ほね お）	骨折
落ちる（お） [2]	落下	人気がある（にんき）	受歡迎
なくす [0]	弄丟	試験を受ける（しけん う）	參加考試
汚れる（よご） [0]【自動詞】	髒掉	ゴミを捨てる（す）	倒垃圾
汚す（よご） [0]【他動詞】	弄髒	タバコをやめる	戒菸
集まる（あつ） [3]	集合	気をつける（き）	小心；留意
泊まる（と） [0]	住宿	リボンをかける（英：ribbon）	繫上蝴蝶結
揺れる（ゆ） [0]	搖晃	ネクタイを締める（し）	打領帶
拭く（ふ） [0]	擦拭	マフラーを巻く（ま）	圍圍巾
掃く（は） [1]	掃（地）	道を渡る（みち わた）	過馬路
干す（ほ） [1]	晾；曬	右に曲がる（みぎ ま）	右轉
治る（なお） [2]【自動詞】	痊癒	左に曲がる（ひだり ま）	左轉
治す（なお） [2]【他動詞】	治療	役に立つ（やく た）	有用處；起作用

句型

表示「決定」購買商品時

動詞（字典形）ことにする　決定～

名詞 にします　我要～

名詞 をください　請給我～

名詞 をもらいます　我要～

名詞 をお願いします　麻煩請給我～

名詞 がいい　～好

そうしましょう　就這麼辦吧

はい、いいです　可以

ええ、けっこうです　好的

ええ、かまいません　沒關係

ええ、大丈夫です　沒問題

例 F：これを買うことにしませんか。

要不要就決定買這個呢？

M：そうですね。そうしましょう。すみません、これお願いします。

是啊，就這麼辦吧。不好意思，麻煩請給我這個。

例 F：赤しかないんですが、よろしいですか。

只剩下紅色的，可以嗎？

M：ええ、いいです／ええ、けっこうです／ええ、かまいません。

可以／好的／沒關係。

拜託或要求做某件事

動詞（テ形）（表示請求或命令）請～

動詞（テ形）ください　請您～

お動詞（マス形）ください　請您～

ご名詞ください　請給我～

動詞（テ形）くれない？　可以（為我）～嗎？

動詞（テ形）くれませんか　可以（為我）～嗎？

動詞（テ形）くださいませんか　可否請您（幫我）～呢？

動詞（テ形）もらえない？　能不能（為我）～？

動詞（テ形）もらえませんか　能不能（為我）～？

動詞（テ形）いただけませんか　能否請您（幫我）～？

動詞（テ形）ほしいんだけど　希望能～

動詞（使役形）ください（ませんか）（可否）讓我～

動詞（使役形）くれませんか　可不可以讓我～

動詞（使役形）もらえませんか　能不能讓我～

動詞（使役形）いただけませんか　能否請您讓我～

忘（わす）れないで（ください）　（請）別忘記

頼（たの）む／お願（ねが）い　拜託

例 コピーしてもらえる？／コピーしてくれる？／コピーしてほしいんだけど。

能幫我影印嗎？／幫我影印？／真希望能幫我影印。

例 この仕事（しごと）は私（わたし）にやらせてください。

請讓我做這個工作。

不需做或請求禁止做某件事

V（ナイ形）で　不要～

V（ナイ形）でください　請不要～

V（ナイ形 - ~~ない~~）ずに　不做～　沒做 A 的情況下進行 B

動詞（ナイ形 - な~~い~~）くてもいい　不～也可以【非必需】

動詞（テ形）はいけない　不能～

動詞（テ形）はだめだ　不可以～

動詞（禁止形）　不准～【禁止】

動詞（タ形）ほうがいい　最好～

動詞（ナイ形）ほうがいい　最好不要～【建議・忠告】

動詞（ナイ形）ことにする　決定不要～

（～は）いいです　不要～

けっこうです　沒關係

いりません　不需要

まだある　還有

> 例 バターは冷蔵庫（れいぞうこ）にまだあるから、買（か）わなくてもいいよ。
>
> 冰箱裡還有奶油，所以不用買了唷。
>
> 例 A: コーヒーにミルクと砂糖（さとう）を入（い）れましょうか。
>
> 咖啡要加牛奶和糖嗎？
>
> B: 砂糖（さとう）はいいです。
>
> 不要加糖。
>
> 例 切符（きっぷ）は先生（せんせい）がみんなに渡（わた）しますから、買（か）わなくてもいいですよ。
>
> 老師會把票給大家，不用買票。

表示「已經」

もう動詞（タ形）　已經～了

動詞（テ形）ある　已經～了

動詞（テ形）おいた　已經先～了

動詞（テ形）しまった　已經～完了

例 コピーですか。もうしてあります。

影印嗎？已經（印）好了。

例 コピー、もうしてある？

影印，好了嗎？　不僅用於確認，也可用在委託時

例 チケットは買（か）っといたから。

票已經先買好了。

表示「順序」

前（まえ）に　在～之前

先（さき）に／はじめに／まず／最初（さいしょ）に　先～

次（つぎ）に／それから　接著～

最後（さいご）に　最後～

これから　現在起～

すぐ　馬上

そろそろ　差不多

～後（あと）で　～之後

動詞（テ形）／動詞（テ形）から／動詞（タ形）ら　～之後

例 宿題をしたら、ゲームをしてもいいわよ。でも、遊ぶ前に部屋も片付けなさいよ。

功課寫完，要玩遊戲也行唷。但是，玩之前也整理一下房間吧

順序：（做）功課 → 整理（房間）→（玩）遊戲

表示「原因、理由」

[動詞．イ形容詞．ナ形容詞．名詞 敬體／常體] ＋から

[動詞．イ形容詞．ナ形容詞．名詞 敬體／常體] ＋ので

[動詞．イ形容詞．ナ形容詞．名詞 敬體／常體] ＋し

[動詞．イ形容詞．ナ形容詞な．名詞の 常體] ＋ために

動詞（テ形）／動詞（ナイ形 - な~~い~~）

イ形容詞 -~~い~~くて／ナ形容詞で／名詞で

例 1週間ほど休みもとれるし、雪も見たいですから、旅行は北海道にします。

因為可請一週左右的假，也很想看雪，所以決定去北海道旅行。

例 きのうはかぜで学校を休みました。

昨天因為感冒沒去上課。

！「動詞（テ形）から」（～之後）是表示「順序」，並非指原因理由。

例 朝ごはんを食べてから、学校へ行きます。

吃了早餐之後去學校。

！「動詞（ナイ形）で、動詞する」是「沒做A的狀況下進行B」，也不是表示原因理由。

例 寝坊したので朝ごはんを食べないで会社に来ました。

早上因為睡過頭，沒有吃早餐就來上班了。

表示「沒能如願、實現」

1.「～けど／のに」很想或認為應該要做，但實際上並沒有做

はずだったけど／はずだったのに／動詞（マス形）たかったが

例 映画に行きたかったんだけど。

之前很想去看電影……◀實際上沒有去看

2.「そうだった／そうになった」差點要發生但實際上沒發生

動詞（マス形）そうだった／動詞（マス形）そうになった

例 危ない！もう少しで事故になりそうだったね。

危險！差點就要出事了呢。◀實際上沒有出事

3.「～ば／と／たら（いいのに）」很希望，但實際上沒能如願

例 もうちょっと時間があったらなあ。

如果再多點時間（就好了）。◀實際上沒有時間

例 これもうちょっと安ければいいのに。

這個能再便宜一些就好了。◀實際上並不便宜

表示「與想的不一樣」

～とは思(おも)わなかった　萬萬沒想到

例 こんなにいい天気(てんき)になるとは思(おも)わなかった。

萬萬沒想到天氣會變好。

特別留意　「～（ん）じゃない」語調

1. 雨(あめ)じゃない↓＝雨(あめ)ではありません。不是雨。【否定】
2. 雨(あめ)じゃない？↑＝雨(あめ)ではありませんか。不是雨嗎？【確認】
3. 雨(あめ)じゃない！↓＝雨(あめ)だ。是雨！【斷定、驚訝、發現】
4. 食(た)べるんじゃない↓「V（字典形）んじゃない↓」不可以吃。【禁止】

慣用語・常用句

- **久(ひさ)しぶり／お久(ひさ)しぶりです／しばらく（です）** 好久不見
- **ごめん（なさい）／すみません／申(もう)し訳(わけ)ありません** 對不起、很抱歉

> すみません也有「不好意思」的意思，可用於請問、借過、叫喚服務生及表達感謝時。

- **いらっしゃいませ** 歡迎光臨
- **お先(さき)にどうぞ** 您先請
- **お元気(げんき)で** 請保重
- **失礼(しつれい)します** 打擾了
- **おだいじに** 請保重
- **それはいけませんね** 那可不好呢

> A：かぜをひいてしまいました。
> B：それはいけませんね。

- **いろいろお世話(せわ)になりました** 受到您多方關照了
- **おかげさまで（合格(ごうかく)できました）** 托您的福（合格了）
- **そんなことはありません** 沒那回事
- **おかまいなく** 別麻煩了
- **間(ま)に合(あ)いました** 趕上了
- **よろこんで** 樂意

かまいません 不介意

手（て）があいています 有空

おなかがぺこぺこ 肚子餓

のどがからから 喉嚨乾

以下左、右組的發音或意思
很容易搞混喔，請注意！

ごめんなさい
抱歉

ごめんください
有人在家嗎？

お待（ま）ちどおさま（でした）／
久等了

お待（ま）たせしました
讓您久等了

お待（ま）ちください
請稍等

これでいいですか
這樣就好嗎？

これがいいですか
這個好嗎？

遠慮（えんりょ）しないでください
請不要客氣

（おタバコは）ご遠慮（えんりょ）ください
禁止（吸菸）

口語表現

常體（動詞・イ形容詞・ナ形容詞・名詞）口語變化

縮約形變化	例句
常體と⇒常體って	来（く）ると言（い）った⇒来（く）るって言（い）った
常體ということだ ⇒常體って（ことだ）	来（く）るということだ ⇒来（く）るって（ことだ）
常體そうだ⇒常體って	来（く）るそうだ⇒来（く）るって
常體（V・A）のだそうだ ⇒常體んだって 常體（N・Na）なのだそうだ ⇒常體なんだって	来（く）るのだそうだ ⇒来（く）るんだって 学生（がくせい）なのだそうだ ⇒学生（がくせい）なんだって

動詞口語變化

縮約形變化	例 句
V て~~い~~る⇒V てる	食（た）べている⇒食（た）べてる
V て~~い~~く⇒V てく	持（も）っていく⇒持（も）ってく
V ておく⇒V とく	買（か）っておく⇒買（か）っとく
V ても⇒V て／V たって V でも⇒V で／V だって	食（た）べてもいい⇒食（た）べたっていい 飲（の）んでもいい⇒飲（の）んだっていい
V（意志形）う⇒っ	行（い）こうか⇒行（い）こっか

V ては⇒V ちゃ V では⇒V じゃ	忘れてはだめ⇒忘れちゃだめ 飲んではだめ⇒飲んじゃだめ
V てしまう⇒V ちゃう V でしまう⇒V じゃう	書いてしまう⇒書いちゃう 読んでしまう⇒読んじゃう
V なくては⇒V なくちゃ	帰らなくては⇒帰らなくちゃ **注意なくちゃ後面的接續用法** 例 帰らなくちゃいけないはずです。（◯） 帰らなくちゃはずです。（×）
V なければ⇒V なきゃ	帰らなければ⇒帰らなきゃ **注意なきゃ後面的接續用法** 例 帰らなきゃいけないだろう。（◯） 帰らなきゃだろう。（×）
V ない⇒V ん	わからない⇒わからん 例 あんなサービスの悪い店2度と行かん。 那種服務態度很差的店，絕對不再去。
V……らない⇒V……んない	わからない⇒わかんない 変わらない⇒変わんない

常見口語變化

縮約形變化	例句
何も⇒何にも	何もない⇒何にもない
すごく⇒すっごく	すごくおいしい⇒すっごくおいしい
とても⇒とっても	とても暑い⇒とっても暑い
やはり⇒やっぱり／やっぱ	やはり行こう⇒やっぱり／やっぱ行こう
もの⇒もん	食べるものない？⇒食べるもんない？
同じ⇒おんなじ	その鞄、私のと同じだ。 ⇒その鞄、私のとおんなじだ。
これは⇒こりゃ それは⇒そりゃ あれは⇒ありゃ	それは、大変だ。⇒そりゃ、大変だ。
そうか⇒そっか	そうか、わかった。 ⇒そっか、わかった。
それで⇒で	それで、留学するの？ ⇒で、留学するの？
ところ⇒とこ	京都はきれいなところだよ。 ⇒京都はきれいなとこだよ。

敬體（尊敬語・謙讓語・丁重語）

敬體	尊敬語	謙讓語・丁重語
います	いらっしゃいます	おります
行（い）きます	いらっしゃいます	参（まい）ります・うかがいます
来（き）ます	いらっしゃいます	参（まい）ります・うかがいます
します	なさいます	いたします
言（い）います	おっしゃいます	申（もう）します
食（た）べます	召（め）し上（あ）がります	いただきます
飲（の）みます	召（め）し上（あ）がります	いただきます
見（み）ます	ご覧（らん）になります	拝見（はいけん）します
寝（ね）ます	お休（やす）みになります	–
聞（き）きます【詢問】	–	うかがいます
あげます	–	さしあげます
もらいます	–	いただきます
くれます	くださいます	–
死（し）にます	お亡（な）くなりになります	–
知（し）っています	ご存知（ぞんじ）です	存（ぞん）じています
あります	–	ございます
～です	～でいらっしゃいます	～でございます
V（テ形）います	V（テ形）いらっしゃいます	V（テ形）おります

※「–」表無此項用語

4大題型
圖解答題流程

N4聽解共有「4大題型」，即「問題1」「問題2」「問題3」「問題4」，每種題型各有出題重點、應答技巧、答題流程及練習題。本單元依此4大題型進行分類訓練，每題型的訓練開始前，都有題型解析：本類題型「考你什麼？」「要注意什麼？」以及「圖解答題流程」，請先詳讀後再進行練習！

Part 2

課題理解

もんだい
問題1

考你什麼？

在「問題1」這個大題裡，會出現與「指派（任務）」「做事順序」「所需物品」相關的任務課題。例如：指示別人買東西、指定考試範圍或旅行需要的物品等，因此聽力的重點需放在能聽懂分辨「需要與不需要做的事」「已完成或尚未完成的事」還有「事情的優先順序」。

選項以「圖畫」或「文字」呈現，可在問題用紙上筆記重點，邊參考選項邊聽取內容。

要注意什麼？

- ✔ 本大題開始前會先播放例題，讓你了解答題流程。注意例題不需作答。
- ✔ 要注意對話中出現的「主詞」「疑問詞」「時間」等關鍵詞彙。
- ✔ 對話中可能會有多個情報和指令，記下「順序」「數量詞」等線索解題。

圖解答題流程

れい

1 男の人と女の人が話しています。2人はこれから何を買いますか。

2
M：久しぶりに僕がカレーを作るよ。お肉は？
F：冷蔵庫にあるけど、これじゃ足りないと思うよ。野菜はまだあるけど、どうする？
M：これだけあれば足りるよ。それから、牛乳ある？
F：少しなら、まだあるはず。これでどう？
M：それでいいよ。先にご飯を炊いてから、買い物に行こうよ。
F：うん。あっ、きのうお米使っちゃったんだった。
M：じゃ、買わないと。

3 2人はこれから何を買いますか。

2
1. 肉と野菜
2. 野菜と牛乳
3. 牛乳と米
4. 肉と米

4

もんだい 1				
れい	①	②	③	●
1	①	②	③	④
2	①	②	③	④
3	①	②	③	④
4	①	②	③	④
5	①	②	③	④
6	①	②	③	④
7	①	②	③	④
8	①	②	③	④

注意

- ✔ 問題 1 題型共 8 題，本練習共 16 題。
- ✔ 每題僅播放一次。
- ✔ 每題播放結束後，約 12 秒為作答時間。
- ✔ 問題用紙（試題本）上僅有答題選項（圖或文字，如上步驟 ❷ 框框內的文字選項）。情境提示和問題必須仔細聆聽 MP3。

もんだい 1 MP3 02-01-00

もんだい１では、まず　しつもんを　聞いて　ください。それから話を　聞いて、もんだいようしの　１から４の　中から、いちばん　いいものを　一つ　えらんで　ください。

1 ばん MP3 02-01-01

1　名前、住所、電話番号などを　書く

2　服を　脱ぐ

3　お金を　払う

4　薬を　もらう

2 ばん MP3 02-01-02

1　心臓が　悪い人

2　老人

3　子供

4　お酒を　飲んだばかりの　人

3 ばん MP3 02-01-03

1 さとう

2 しお

3 しょうゆ

4 す

4 ばん MP3 02-01-04

1 33 冊(さつ)

2 34 冊(さつ)

3 35 冊(さつ)

4 37 冊(さつ)

5 ばん MP3 02-01-05

1 チケット窓口で　お金を　払う

2 チケット窓口に　並ぶ

3 番号の　紙を　もらう

4 店で　ショッピングする

6 ばん MP3 02-01-06

1 違う　電車に　乗り換える

2 バスで　行く

3 タクシーで　行く

4 歩いて　行く

7 ばん MP3 02-01-07

1　67 ページ

2　68 ページ

3　69 ページ

4　71 ページ

8 ばん MP3 02-01-08

1　ゴミを　出(だ)す

2　動物病院(どうぶつびょういん)へ　薬(くすり)を　もらいに　行(い)く

3　花(はな)に　水(みず)を　やる

4　ペットに　ごはんを　やる

9ばん MP3 02-01-09

1 燃(も)えるゴミ

2 燃(も)えないゴミ

3 燃(も)えるゴミと　紙(かみ)と　プラスチック

4 燃(も)えないゴミと　缶(かん)と　瓶(びん)

10ばん MP3 02-01-10

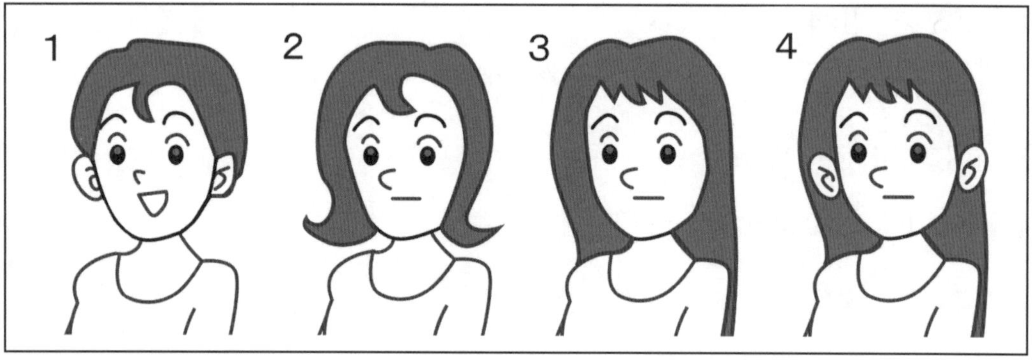

11 ばん MP3 02-01-11

日検聴解N4 総合対策

12 ばん MP3 02-01-12

1

2

3

4

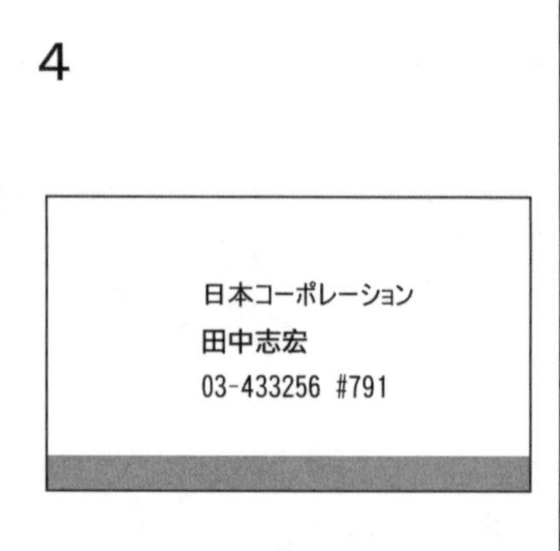

13 ばん MP3 02-01-13

1

2

3

4

14 ばん MP3 02-01-14

1
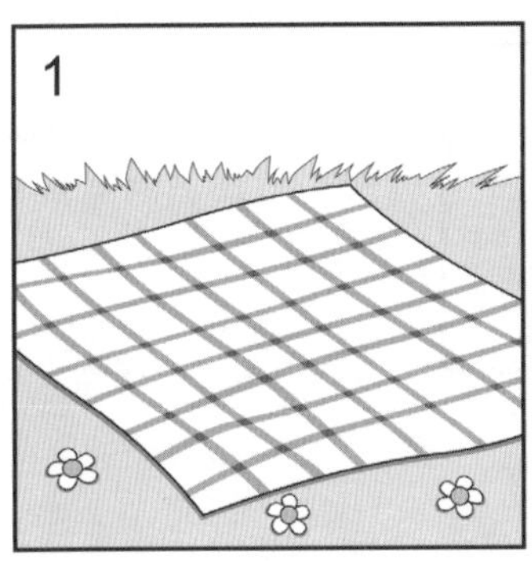
2

3

4

15ばん MP3 02-01-15

ア	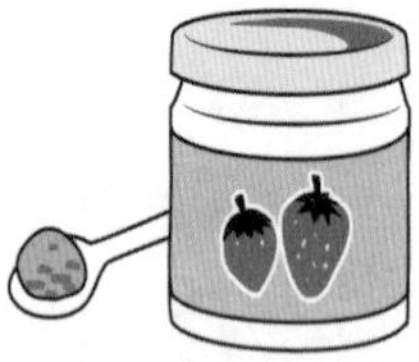
イ	 バター
ウ	 醤油
エ	 米
オ	

1 ア ウ エ

2 ア イ ウ エ

3 イ ウ オ

4 ア ウ エ オ

16 ばん MP3 02-01-16

問題１　スクリプト詳解

（解答）

1	2	3	4	5	6	7	8
3	**4**	**2**	**2**	**3**	**2**	**2**	**4**
9	10	11	12	13	14	15	16
1	**2**	**2**	**3**	**2**	**2**	**1**	**3**

（M：男性　F：女性）

1番 MP3 02-01-01

女の人が話しています。病院で、最後に何をしますか。

F：ええー、まず最初にこれにお名前、ご住所、電話番号などを書いてください。それから、名前が呼ばれますから、呼ばれたら中に入ってください。次に先生から質問があります。あ、その前に上着を脱いで待っていてください。下着は脱がなくてもいいです。最後、お金を払う前に、薬をもらってきてください。そのとき、名前をちゃんと確認するのを忘れないでくださいね。

病院で、最後に何をしますか。

1. 名前、住所、電話番号などを書く
2. 服を脱ぐ
3. お金を払う
4. 薬をもらう

女性在說話。在醫院最後要做什麼事？

F：首先，請在這裡寫下名字、地址、電話號碼。然後會叫名字，被叫到之後請進去診間裡面。接下來醫生會問你問題。啊，在那之前請先脫掉上衣等待，內衣不用脫沒關係。最後在付費前請先去拿藥，拿藥的時候不要忘記確認名字喔！

在醫院最後要做什麼事？

1. 寫下名字、地址、電話號碼
2. 脫衣服
3. 付錢
4. 拿藥

正解：3

重點解說

表示順序的關鍵字有「まず」「最初に」「それから」「次に」「最後に」等等，這一題裡特別要注意「～前に」，女人說了「最後にお金を払う前に、薬をもらう」（最後在付費前先去拿藥），所以順序是先拿藥，再來才是付錢。

☞ **關鍵字**

まず（首先）、最初に（最初）、それから（接著）、次に（其次）、最後に（最後）、「～前に」（在～之前）

2番 MP3 02-01-02

男の人が話しています。温泉に入らない方がいい人はどんな人ですか。

M：お風呂に入る前に、体にお湯を十分かけてください。熱い温泉に入るときは、少し汗をかくぐらいにしましょう。長く入るのは良くありません。3分入って5分休むのがいいですね。それから、温泉に入るとき、お年寄り、小さいお子さんなどは気をつけてください。お酒を飲んだばかりの人はご遠慮ください。サウナもありますが、心臓が悪い人は、入らない方がいいでしょう。温泉から出たら、たくさん水を飲んでください。最後に、温泉は一日多くても3回までがいいですよ。

温泉に入らない方がいい人はどんな人ですか。

1. 心臓が悪い人
2. 老人
3. 子供
4. お酒を飲んだばかりの人

男性正在說話。什麼樣的人不要泡溫泉比較好？

M：在進入溫泉池之前，請先用熱水將身體充分淋濕。進入溫泉池之後，泡到稍微流了一點汗就好。泡太久會對身體不好，可以泡3分鐘休息5分鐘。還有，泡溫泉的時候，要多注意老人和小孩。剛喝完酒的人不要入池。也有三溫暖的設備，不過心臟不好的人不要使用比較好。泡完溫泉之後請喝大量的水。最後，一天最好不要泡溫泉超過3次喔。

什麼樣的人不要泡溫泉比較好？

1. 心臟不好的人
2. 老人
3. 小孩
4. 剛喝完酒的人

正解：4

重點解說

「遠慮」有許多意思要注意。在這裡的「ご遠慮ください」是「～しないでください」（請不要～）的意思。選項 1 的「心臟不好的人」可以泡溫泉，可是最好不要進三溫暖。

☞ **關鍵字**

かけます（澆、淋）、十分（充分）、汗をかくぐらい（到流汗的程度）、お年寄り（老人）、「～たばかり」（才剛～）、サウナ（三溫暖）、多くても（最多）、ご遠慮ください（請避免）

3 番 MP3 02-01-03

料理教室で先生が女の人に説明しています。最後にどんな調味料を入れますか。

M：じゃ、これから味付けをしていきますね。甘さは最後につけると、つきづらいですから、一番最初に入れましょう。

F：はい、これですね。

M：それから酢と醤油を入れて、少し煮えるまでおいておいてください。

F：酢はどのくらい入れたらいいんですか。

M：そうですね。すっぱいのが好きな人は多めに、苦手な人は少なめに。お好みでどうぞ。

F：じゃ、私は、ちょっと多めに入れようかな。

M：最後はこれで味を調整してください。少しずつ入れてくださいよ。

F：はい。少しずつですね。

M：どうですか。できましたか。

最後にどんな調味料を入れますか。

1. さとう
2. しお
3. しょうゆ
4. す

烹飪老師在烹飪教室內向女性說明。最後要放什麼調味料進去呢？

M：那我們現在要開始調味囉！最後再加甜度的話會不容易入味，所以一開始就加進去吧！

F：好，是這個吧？

M：然後加醋和醬油進去，在開始沸騰之前請先就這樣放著。

F：醋要加多少進去呢？

M：嗯，喜歡酸的人多加一些，不喜歡的人就少加一點，請依照自己的喜好調整。

F：那我多加一點吧。

M：最後用這個調味，請一點點一點點地放。

F：好，一點點一點點地放對吧。

M：怎麼樣？完成了嗎？

最後要放什麼調味料進去呢？

1. 糖
2. 鹽
3. 醬油
4. 醋

正解：2

重點解說

表示順序的關鍵字有「一番」「最初」「それから」「最後」等等。在這題裡用單字推測很重要，可以用「甘さ」（甜度）推測出「さとう」（糖）。用刪去法，最後剩下的「しお」（鹽）就是答案。

☞ **關鍵字**

「～づらい」（難～）

【料理】調味料（調味料）、味付け（調味）、甘さ（甜度）、味をつける（調味）、さとう（糖）、塩（鹽）、しょうゆ（醬油）、酢（醋）、すっぱい（酸）、調整（調整）、味（味道）、少なめ（少一些）、多め（多一些）、煮える（煮熟）、お好み（喜好）

4番 MP3 02-01-04

先生が話しています。何冊の教科書を注文しなければなりませんか。

M：これから新しい教科書を買わなければなりませんが、みんなでまとめて買うと、安くなりますから、一緒に注文することにしましょう。このクラスは、えっと……、男子が１８人で、女子が１９人ですね。じゃ、全部で……、あっ、でも、もうここに３冊ありますから、じゃあ……。

何冊の教科書を注文しなければなりませんか。

1. ３３冊
2. ３４冊
3. ３５冊
4. ３７冊

老師正在說話。必須訂購幾本教科書呢？

M：接下來必須買新的教科書，不過大家一起買的話會比較便宜，所以大家一起訂購吧！這一班裡面，嗯……男生有 18 個人，女生有 19 個人，所以總共是……啊！不過這裡已經有 3 本了，那麼就……

必須訂購幾本教科書呢？

1. 33本
2. 34本
3. 35本
4. 37本

正解：2

重點解說

這題要做簡單的計算，必須買齊人數份的教科書。男生有 18 人，女生有 19 人，加起來總共 37 人，所以需要 37 本。不過因為已經有 3 本了，所以 37-3=34 本。

5番 MP3 02-01-05

男の人と女の人が話しています。男の人はこれからまず何をしますか。

M：すごい人だね。早く並ばなきゃ。えっと、チケットの窓口はあそこか。

F：その前に番号の紙をもらってきて。

M：もらう時にチケットのお金も払わなきゃいけないんだろ。

F：ううん、お金は自分の順番になった時にチケット窓口で払えばいいわ。

M：ふーん。

F：この遊園地は番号の紙をもらってしまえば、並ばなくてもいいのよ。そこのお店の中に番号を知らせてくれる機械があるから。自分の番号になったら、窓口に行けばいいの。それまではお店でぶらぶらしましょう。

M：へえ、外の寒いところで待たなくていいのはいいけど、無駄な金を使っちゃいそうだな。

男の人はこれからまず何をしますか。

1. チケット窓口でお金を払う
2. チケット窓口に並ぶ
3. 番号の紙をもらう
4. 店でショッピングする

一男一女正在交談，男性現在首先要做什麼？

M：好多人啊，要趕快來排隊了。嗯，賣票的窗口在那裡啊。

F：你先去領號碼牌。

M：領號碼牌時就得付票錢了，不是嗎？

F：不是，錢是等輪到自己時，在售票窗口付就好了。

M：喔。

F：這家遊樂園是領了號碼牌後，就不需要排隊了喔。那間店裡有通知號碼的機器，等輪到自己了，再去窗口就行了，我們就先在店裡晃晃吧。

M：哇，不用在寒冷的室外等待是很好，但感覺好像會花不必要的錢。

男性現在首先要做什麼？

1. 在售票窗口付款
2. 在售票窗口排隊
3. 領號碼牌
4. 在店裡購物

正解：3

重點解說

女性提到「その前に番号の紙をもらってきて」中的「その」是指之前男性所說的話，意思也是表示與其在窗口排隊買票，不如先拿號碼牌。

6番 MP3 02-01-06

女の人と男の人が話しています。女の人はこれからどうしますか。

F：もしもし、高村です。今、中島駅にいるんですが。さっきの地震で電車が止まってるんです。いつ動くかわからないらしいので、駅を出ようと思っているんですが、すごい人で。

M：そこから、バスで15分くらいだからバスを待ってみたらどう？

F：そうですね。タクシー乗り場にも人が大勢並んでるから、ちょっと時間がかかりそうですしね。私は歩いて行こうと思ってるんですが。

M：それは大変だと思うよ。大手町駅に行くのならどれでも大丈夫だから。ちょっと待ってみたら？

F：わかりました。では、そうします。

女の人はこれからどうしますか。

1. 違う電車に乗り換える
2. バスで行く
3. タクシーで行く
4. 歩いて行く

一女一男正在交談，女性現在要怎麼做？

F：喂，我是高村，我現在在中島車站，因為剛才地震的關係，電車停駛了。似乎不知何時才會發車，所以我打算出站，但是人好多。

M：從那裡搭公車大概要15分鐘，你要不要等看看公車呢？

F：嗯，計程車招呼站也是很多人在排隊，看樣子還要等一陣子，我想走路過去好了。

M：那太累了啦，只要是開往大手町的話，任何一班都可以搭的，你要不要等一下看看？

F：好，那就這麼辦吧。

女性現在要怎麼做？

1. 轉乘不同電車
2. 搭公車去
3. 搭計程車去
4. 走路去

正解：2

重點解說

題目中出現的「それは大変だと思うよ」裡所說的「それ」是指女性之前所說的話，意思是「歩くのは大変だと思う」。而男性建議搭公車去，因此他最後提到「大手町駅に行くのならどれでも大丈夫」，指的就是開往大手町的公車。

7番 MP3 02-01-07

先生と学生が話しています。このあと、どこを勉強しますか。

M：第7課はどこまで進んだかな。

F：67ページまで終わりました。

M：じゃ、その次のページからだね。ああ、68ページから70ページは練習問題だね。これは宿題にしよう。じゃ、その次のページから始めましょう。

F：あのう、先生、その練習問題でやり方がわからないところがあるので、説明していただけませんか。問題3なんですが。

M：そうですか。じゃ、みんな練習問題の最初のページを開いてください。

このあと、どこを勉強しますか。

1. 67ページ
2. 68ページ
3. 69ページ
4. 71ページ

老師跟學生正在交談，接下來將上哪裡呢？

M：第7課上到哪裡呢？

F：上到67頁。

M：那我們要上下一頁了。啊，68到70頁是練習題，這裡就當作作業吧。那我們就從下一頁開始上吧。

F：啊，老師，練習題中我有不懂怎麼做的，可以請您說明一下嗎？在第3題。

M：是這樣啊，那請大家翻到練習題的第1頁。

接下來將上哪裡呢？

1. 67頁
2. 68頁
3. 69頁
4. 71頁

正解：2

重點解說

學生說的「その練習問題」的「その」指的是老師剛剛說的範圍，而老師提到練習題是「68ページから70ページ」，因此練習題的第1頁就是68頁了。

8番 MP3 02-01-08

女の人と男の人が話しています。男の人はこのあと最初に何をしますか。

F：じゃ、買い物に行ってくるから、あとはよろしくね。

M：うん。ゴミを出して、それから、太郎のごはんだよね。

F：その時に薬を飲ませるのを忘れないで。動物病院でもらってきたこの薬。

M：わかった。動物病院でもらってきた薬だね。

F：うん、それが終わったら、庭の花に水もお願いね。やっぱりゴミは私が買い物に行く時に出すわ。

M：そう？じゃ、あとは任せて。

男の人はこのあと最初に何をしますか。

1. ゴミを出す
2. 動物病院へ薬をもらいに行く
3. 花に水をやる
4. ペットにごはんをやる

一女一男正在交談，男性接著要先做什麼事呢？

F：那我去買東西了，其他事就拜託你了。

M：嗯，就是倒垃圾，然後給太郎吃飯。

F：那時要記得給牠吃藥，給牠吃這個從動物醫院領回來的藥。

M：好。從動物醫院領回來的藥，對吧。

F：對，那件事做完後，麻煩你也澆一下院子裡的花。垃圾還是我去買東西時順便倒了吧。

M：是喔？那剩下的事交給我吧。

男性接著要先做什麼事呢？

1. 倒垃圾
2. 去動物醫院拿藥
3. 澆花
4. 餵寵物吃飯

正解：4

重點解說

對話中出現「ゴミを出して、それから、太郎のごはんだよね」，意思是依序要先倒垃圾，然後餵寵物太郎吃飯。

但女性在最後提到「やっぱりゴミは私が買い物に行く時に出すわ」，所以男性就不用倒垃圾了。而澆花是在「それが終ったら」所以也不是一開始要做的事。

總之，一開始要做的事就是餵寵物吃飯。

9番 MP3 02-01-09

女の人と男の人が話しています。あしたはどんなゴミを出しますか。

F：あした出してもいいゴミって何だった？引っ越したばかりだから、まだよく覚えてなくって。

M：前の家では、燃えないゴミだったけどね。

F：そうよね。住むところでいろいろ違うから、めんどうね。

M：そのうち慣れるよ。えーっと、ここは月水金が燃えるゴミ、火木が燃えないゴミ。

F：缶とか瓶は？

M：それは金曜日。紙やプラスチックは週の初めの月曜日。

F：じゃ、きのうだったんだね。

あしたはどんなゴミを出しますか。

1. 燃えるゴミ
2. 燃えないゴミ
3. 燃えるゴミと紙とプラスチック
4. 燃えないゴミと缶と瓶

一女一男正在交談，明天是倒哪種垃圾的日子呢？

F：明天是哪種垃圾的回收日了？才剛搬來還沒記住回收時間……

M：之前住的地方是不可燃垃圾啦。

F：對阿。新家有很多不同的地方，真麻煩呀。

M：早點習慣吧。我看看唷……這裡是禮拜一、三、五是可燃垃圾，禮拜二、四是不可燃垃圾。

F：罐子啦、瓶子呢？

M：那是禮拜五。紙類、塑膠則是每週的開始，禮拜一。

F：那……是昨天呀。

明天是倒哪種垃圾的日子呢？

1. 可燃垃圾
2. 不可燃垃圾
3. 可燃垃圾、紙類和塑膠
4. 不可燃垃圾、罐子和瓶子

正解：1

重點解說

針對男性說的「紙やプラスチックは週の初めの月曜日」，女性回答「きのうだったんだね」，就可以知道昨天是禮拜一，而明天就是禮拜三。

10番 MP3 02-01-10

店員と女の人が話しています。女の人はどんな髪型にしますか。

M：今日はどうなさいますか。

F：カットしたいんですが。

M：どのくらい切りますか。

F：最近暑いから、思い切って短く切ろうかな。

M：かしこまりました。前はどうしましょうか。

F：前も短くしてください。どうせすぐ長くなるし。それから、横は口ぐらいの長さでお願いします。

女の人はどんな髪型にしますか。

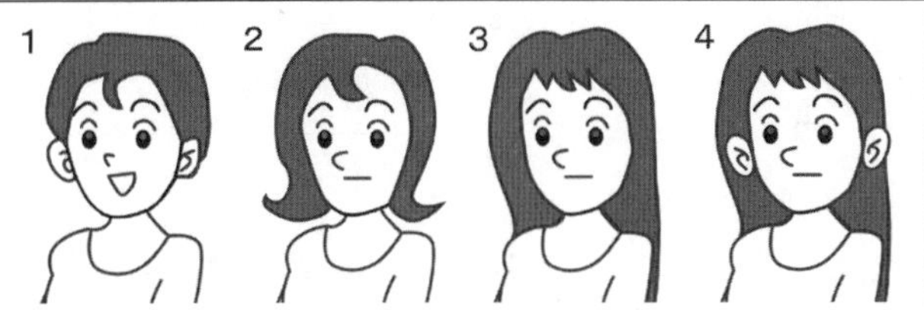

店員和女性正在說話。女性要剪什麼髮型呢？

M：您今天要怎麼弄呢？

F：我想剪頭髮。

M：要剪多短呢？

F：最近很熱，乾脆下定決心剪短一點好了。

M：我知道了。前面要怎麼剪呢？

F：前面也請剪短，反正馬上就會長長了。還有兩邊的頭髮要剪到嘴巴左右的長度。

女性要剪什麼髮型呢？

正解：2

重點解說

從「思い切って短く切ろうかな」（乾脆下定決心剪短一點好了）這一句可以知道要剪的是短髮。而兩邊的頭髮是剪到「口ぐらいの長さ」（到嘴巴左右的長度），所以可以知道頭髮的長度會遮住耳朵。

☞ **關鍵字**

カット（剪頭髮）、思い切って（下定決心）、どうせ（反正）

11番 MP3 02-01-11

女の人が話しています。女の人は学校までどうやって行きますか。

F：私たちの学校は田舎にありますから、環境はとてもいいですが、交通はとても不便です。毎日通学に1時間もかかります。まず、家から駅まで、車だと10分ぐらいで行けるのですが、朝は道が込んでいますから、かなり時間がかかってしまいます。ですから、いつも自転車で行きます。それから、バスは人が多くて、乗れないこともあるので、電車に乗っています。そして学校の近くまで行くバスに乗り換えて、そこからは歩いて3分ぐらいです。

女性正在說話。女性要怎麼去學校呢？

F：我們的學校因為在鄉下，環境非常地好，不過交通很不方便，每天上學要花上一個小時。首先，從家裡到車站開車大概10分鐘就可以到了，不過早上會塞車，要花很多的時間，所以我都騎腳踏車去。再來因為公車人很多，有時候會坐不上去，所以我會坐電車，再改搭公車到學校附近，下車之後再走大概3分鐘。

女の人は学校までどうやって行きますか。

女性要怎麼去學校呢？

正解：2

重點解說

這一題也是「搜集情報」的問題，必須在許多的情報中，聽出必要的情報。在表示順序時，會用「まず」「それから」「そして」等關鍵字。另外「ですから、～ので」之後會有「結論」「最後的決定」等重要的情報，所以要多注意。此外，問題中出現了許多交通移動方式的單字，注意不要弄混了。

☞ **關鍵字**

まず（首先）→それから（接著）→そして（然後）

12番 MP3 02-01-12

男の人と女の人が話しています。男の人はどんなデザインの名刺にしますか。

M：すみません。名刺を作りたいんですが。

F：どのようなデザインにしましょうか。

M：えー、そうですね。顔を覚えてもらいたいから、こんなのがいいかな。

F：はい、かしこまりました。

M：あと、下のほうに色も入れたいな。

F：どんな色がよろしいですか。

M：あまり明るくない色で、青なんかいいかな。

F：青ですね。

M：あっ、でも、そうすると高くなりそうだから、やっぱり色はいいや。

男の人はどんなデザインの名刺にしますか。

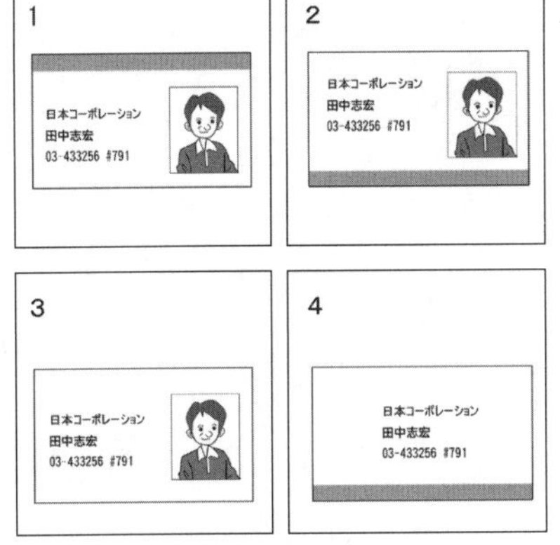

男性和女性在說話。男性決定要哪一款設計的名片呢？

M：您好，我想做名片。

F：要什麼樣的設計呢？

M：嗯，我想想……我希望對方可以記住我的臉，所以這樣的好了。

F：好的。

M：還有，下方我想加顏色進去。

F：要什麼樣的顏色呢？

M：不要太亮的顏色，藍色的話好嗎？

F：藍色嗎？

M：啊，不過這樣好像會變貴，還是不要加顏色好了。

男性決定要哪一款設計的名片呢？

正解：3

重點解說

一開始可以用關鍵字來推測。「顔を覚えてもらいたいから」可以推測出指的是大頭照，再來是從關鍵字「やっぱり」（還是），推測男人做出了最終的決定。要注意「いい（や）」的「いい」在對話中有各式各樣的意思，在這裡是不必要、不需要的意思。

13 番 MP3 02-01-13

男の人と女の人が話しています。男の人はこの後、何をしますか。

M：会議は１時半からですよね。何時までに準備しなければなりませんか。

F：３０分前には準備を終わらせないとね。だから、あまり時間がないね。机とイスはどうなってる？

M：言われたとおりに並べてあります。資料の準備もできています。数も数えました。

F：ありがとう。飲みものは？

M：資料を会議室に運んでから、机に並べます。すみません、コンピューターの準備、お願いできますか。

F：今からやるわ。

男の人はこの後、何をしますか。

一男一女正在交談，男性接著要做什麼呢？

M：會議是 1 點半開始沒錯吧，必須在幾點之前準備好呢？

F：必須要在 30 分鐘前準備完成，所以我們已經沒什麼時間了，桌椅排好了嗎？

M：已經照吩咐的排好了，資料也準備好了，數量也確認過了。

F：謝謝。茶水呢？

M：把資料送到會議室後，我會安排好在桌上。不好意思，可不可以麻煩你準備一下電腦？

F：我現在就來弄。

男性接著要做什麼呢？

正解：2

重點解說

男性有提到「言われたとおりに（机とイスを）並べてあります」，其中用了「V（テ形）あります」的句型，是表示已經完成的狀態，又提到「資料の準備もできています」，「できています」也是表示完成的狀態。

14番 MP3 02-01-14

女の人と男の人が話しています。女の人は何を持っていきますか。

F：あさって、私は何を持っていけばいいですか。食べ物はどうするんですか。

M：お弁当はみんな自分で持っていくことになりました。誰かが1人でみんなの分を作るのは大変ですから。

F：そうですね。ビールも自分で持っていくんですか。

M：それは僕が。車なので、行く時に買って持っていきます。飲みたいものがあったら、僕に言ってください。

F：ありがとう。それから、座る時に敷くものは誰が持っていくんですか。私、大きいの持っているんですけど。

M：そっか。女の人はあったほうがいいですよね。お願いしてもいいですか。

F：もちろん。写真は大友さんが撮ってくれるそうですよ。

M：新しいカメラを買ったって言ってましたよね。

女の人は何を持っていきますか。

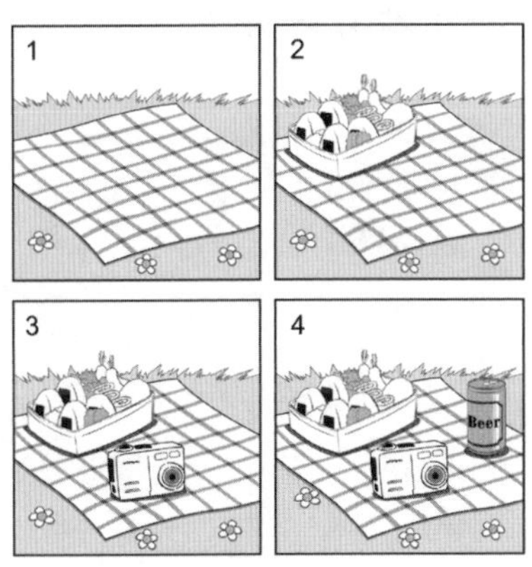

一女一男正在交談，女性要帶什麼東西去？

F：後天我要帶什麼去好呢？吃的要怎麼辦呢？

M：便當是大家自行帶去，因為要一個人做大家的便當實在太辛苦了。

F：說的也是，啤酒也是自行帶去嗎？

M：那由我負責，因為我開車，去的時候我會買了帶去。如果有想喝的，就跟我說。

F：謝謝，還有坐下來鋪在地上的東西，誰負責帶呢？我有很大張的。

M：是喔，女生還是要有東西鋪著比較好吧，可以麻煩妳帶嗎？

F：當然沒問題，聽說大友會負責拍照。

M：他不是說他買了新相機嗎？

女性要帶什麼東西去？

正解：2

重點解說

對話中提到「お弁当はみんな自分で持っていくことになりました」，意思就是便當是各自帶去，因此女性也必須自己帶便當去。

15番 MP3 02-01-15

男の人と女の人が話しています。男の人は何を買って帰りますか。

M：もしもし、今から帰るよ。

F：うん、じゃ、ちょっと買い物お願いできる？

M：いいよ。あっ、醤油がもうすぐなくなりそうだって、言ってたね。

F：そうそう。それと、お米と水とバターも買ってきてもらっていいかな。

M：ええっ、重いよ。

F：じゃ、水とバターはいいよ。ジャムもあと少しなんだけどなあ。

M：それ、きょう買わなくちゃだめなの？

F：うーん、あした使いたいから。

M：わかったよ。

男の人は何を買って帰りますか。

ア	
イ	バター
ウ	醤油
エ	米
オ	

一男一女正在交談，男性要買什麼回家？

M：喂，我現在要回去了喔。

F：嗯，那可以麻煩你買一下東西嗎？

M：可以啊，啊，你好像有說過醬油快沒了吧。

F：沒錯，那拜託你買那個……米、水和奶油好嗎？

M：什麼？太重了啦。

F：那水和奶油就算了，可是果醬也只剩一點了耶。

M：那東西今天非買不可嗎？

F：嗯，因為我明天想要用果醬。

M：好吧。

男性要買什麼回家？

1. ア　ウ　エ

正解：1

重點解說

女性提到「水とバターはいいよ」，意思就是「水和奶油不需要了」，後來又提到「ジャムはあした使いたいから」，意思就是「明天我想用果醬，所以請你買回來」。

16 番 MP3 02-01-16

女の人がこれから写真を撮ります。みんなはどのように並びますか。

F：みんなで写真を撮ろう。並んで。前に2人座って、後ろに2人立ってみて。

うーん、あまりよくないなあ。横に一列に並ぶのはさっき撮っちゃったしね。そうだ、左から、後ろ、前、後ろ、前というふうに並んでみてよ。

ああ、いい感じ。そのまま動かないでね。じゃ、撮るよ。笑って。はい、チーズ！

みんなはどのように並びますか。

1

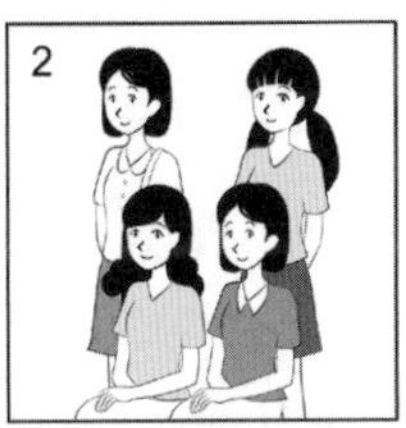
2

3

4

一位女性接下來要拍照了，大家要如何排呢？

F：大家來拍照吧，排好，前面坐2個、後面站2個看看。

嗯……不是很好看耶，橫排成一列的剛才已經拍過了。對了，從左邊開始，排一後一前、一後一前看看吧。

啊，不錯，就這樣不要動喔，我要拍了喔，笑一個，好，笑！

大家要如何排呢？

3

正解：3

重點解說

女性所說的「ああ、いい感じ」，是表示肯定之意，可知是決定選項3這種排列方式了。

重點理解

問題2

考你什麼？

在「問題 2」這個大題裡，必須先掌握問題是什麼再從對話中尋找答案。因此務必聽清楚問題的「主語」和「疑問詞」。

例如在「女の人は子どもの時、何になりたかったですか」問題裡，對話中會出現男女各自敘述自己的事，此時最重要的是聽出女性想做的職業，而非男性的。此外，問題中會運用各種疑問詞來出題，最常問你「どうして？」

本大題選項會列在問題用紙（試題本）上，請仔細看清楚選項內容，邊聽對話內容時邊留意與選項相似的用語。

要注意什麼？

- ✔ 本大題開始前會先播放例題，讓你了解答題流程。注意例題不需作答。
- ✔ 問題重點擺在事情發生的原因或理由。
- ✔ 也可能問心理因素，例如生氣的理由等等。

圖解答題流程

一開始先掌握住**它問什麼！**

有約 20 秒空檔先解讀選項

仔細聆聽尋找符合「問題」問的選項。

1 先聽情境提示和問題

2 「問題用紙」上解讀 4 個選項的差異

3 會話文開始

4 再聽一次問題

5 從 4 個選項中選擇答案

れい

1 男(おとこ)の人(ひと)と女(おんな)の人(ひと)が話(はな)しています。どうして男(おとこ)の人(ひと)は花瓶(かびん)を運(はこ)びませんでしたか。

3
M ：この大(おお)きい花瓶(かびん)、どこにおいたらいい？
F ：えー、じゃあ、あっちの部屋(へや)に持(も)って行(い)って。あっ、それから、それ高(たか)いから、気(き)をつけて運(はこ)んでよ。
M ：OK……うっ、これ、けっこう重(おも)いね。
F ：一緒(いっしょ)に運(はこ)ぼうか？あっ、でも、あっちの部屋(へや)、物(もの)でいっぱいだね。やっぱり、それ、そこでいいや。

4 どうして男(おとこ)の人(ひと)は花瓶(かびん)を運(はこ)びませんでしたか。

2
1 かびんの値段(ねだん)が高(たか)いから
2 むこうの部屋(へや)には置(お)く場所(ばしょ)がないから
3 後(あと)で一緒(いっしょ)に運(はこ)ぶから
4 かびんは大(おお)きくて、重(おも)いから

5

もんだい 2				
れい	①	●	③	④
1	①	②	③	④
2	①	②	③	④
3	①	②	③	④
4	①	②	③	④
5	①	②	③	④
6	①	②	③	④
7	①	②	③	④

注意

✔ 問題 2 題型共 7 題，本練習共 15 題。

✔ 每題僅播放一次。

✔ 每題播放情境提示和問題後，約 20 秒停頓可先解讀選項；整題播放結束後，約 12 秒為作答時間。

✔ 問題用紙（試題本）上僅有答題選項（如上步驟 2 框框內的文字選項）。情境提示和問題必須仔細聆聽 MP3。

もんだい 2 MP3 02-02-00

もんだい 2 では、まず　しつもんを　聞いて　ください。そのあと、もんだいようしを　見て　ください。読む　時間が　あります。それから話を　聞いて、もんだいようしの　1 から 4 の　中から、いちばん　いいものを　一つ　えらんで　ください。

1 ばん MP3 02-02-01

1　白は　好きじゃないから

2　高そうだから

3　お金が　ないから

4　セールは　今月末まで　だから

2 ばん MP3 02-02-02

1　レストランへ　行くから

2　バスが　遅れて　いるから

3　タクシー代が　高いから

4　映画の　チケットを　買って　いないから

3 ばん MP3 02-02-03

1　電車の　音が　うるさいから

2　残業が　多いから

3　駅から　遠いから

4　女の子　1人だから

4 ばん MP3 02-02-04

1　頭が　痛いから

2　運動会だから

3　風邪を　引いて　いるから

4　学校が　休みだから

5 ばん MP3 02-02-05

1 売り上げが　下がったから

2 日本料理は　あまり　知られて　いないから

3 日本料理の　店が　増えたから

4 日本料理の　店は　多くないから

6 ばん MP3 02-02-06

1 出張だから

2 病院へ　行くから

3 次の電車が　来るまで　待つから

4 交通事故で　けがを　したから

7 ばん MP3 02-02-07

1 風(かぜ)が　強(つよ)いから

2 台風(たいふう)だから

3 雪(ゆき)が　降(ふ)って　いて、風(かぜ)も　強(つよ)いから

4 雪(ゆき)が　たくさん　降(ふ)って　いるから

8 ばん MP3 02-02-08

1 忙(いそが)しいから

2 体(からだ)の　調子(ちょうし)が　悪(わる)いから

3 電車(でんしゃ)に　乗(の)り遅(おく)れるから

4 家族(かぞく)と　レストランで　ご飯(はん)を　食(た)べるから

9 ばん MP3 02-02-09

1　おふろの　そうじ

2　トイレの　そうじ

3　自分(じぶん)の　部屋(へや)の　そうじ

4　お母(かあ)さんの　部屋(へや)の　そうじ

10 ばん MP3 02-02-10

1　なくしたから

2　安(やす)かったから

3　みんな　持(も)って　いるから

4　壊(こわ)れたから

11 ばん MP3 02-02-11

1　雨が　降ったり　やんだりする

2　いい　天気に　なる

3　ずっと　雨が　降る

4　曇り

12 ばん MP3 02-02-12

1　5日の　午前

2　5日の　午後

3　6日の　午前

4　6日の　午後

13 ばん MP3 02-02-13

1 写真(しゃしん)を 撮(と)る

2 映画(えいが)を 見(み)る

3 本(ほん)を 読(よ)む

4 友(とも)だちと ドライブする

14 ばん MP3 02-02-14

1 1人(ひとり)で 練習(れんしゅう)する こと

2 毎日(まいにち) 走(はし)る こと

3 友(とも)だちと 練習(れんしゅう)する こと

4 試合(しあい)を する こと

15 ばん MP3 02-02-15

1 興味が　ある　仕事が　できる　ところ

2 会社が　有名な　こと

3 お金が　多い　ところ

4 安心して　アルバイトが　できる　ところ

問題 2　スクリプト詳解

（解答）

1	2	3	4	5	6	7	8
3	**2**	**3**	**4**	**1**	**3**	**4**	**2**
9	10	11	12	13	14	15	
3	**1**	**1**	**1**	**2**	**2**	**4**	

（M：男性　F：女性）

1 番　MP3 02-02-01

女の人と男の人が話しています。男の人はどうして今日かばんを買いませんか。

F：これは、いかがですか。最近人気があるんですよ。ポケットもたくさん付いていますし、大きさも調節できて、とても使いやすいですよ。

M：そうだなあ。白はちょっと……。

F：色は赤、青、黒、茶色がございます。

M：黒もあるんだ。でも、高そうだな。

F：今月は、セールですから、今、大変お安くなっておりますよ。

M：じゃ、これにしようかな。

F：ありがとうございます。

M：あっ、えーと、セールは今月の末までですね。じゃ、今日はお金が足りないから……。

F：では、またお待ちしておりますね。ありがとうございました。

男の人はどうして今日かばんを買いませんか。

1. 白は好きじゃないから
2. 高そうだから
3. お金がないから
4. セールは今月末までだから

一女一男正在說話。為什麼男性今天不買皮包呢？

F：這個怎麼樣呢？最近很受歡迎喔！有附很多口袋，還可以調整大小，非常好用喔！

M：嗯……不過白色的有點……

F：顏色也有紅色、藍色、黑色和咖啡色喔！

M：也有黑色啊。不過好像很貴。

F：因為這個月有折扣，所以現在非常便宜喔！

M：那我選這個好了。

F：謝謝您的選購。

M：啊，等等，折扣是到這個月底對吧？今天我帶的錢不夠……

F：那期待您的再度光臨。謝謝光臨。

為什麼男性今天不買皮包呢？

1. 因為不喜歡白色
2. 因為好像很貴
3. 因為沒有錢
4. 因為折扣到這個月底

正解：3

重點解說

雖然男人說了「ちょっと」（有點）「高そうだな」（好像很貴）等否定的字眼，不過最後是因為「お金が足りない」（錢不夠）的理由而沒有購買。

☞ **關鍵字**

調節する（調節）、ポケット（口袋）、末（末；尾）

2番 MP3 02-02-02

女の人と男の人が話しています。2人はどうして映画を見に行けませんか。

F：まだ来ないの？

M：遅いな。5時半には来るはずなんだけど。

F：どうする。もう5時50分よ。映画は6時からでしょう？

M：うーん。6時の次は8時半からのがあるけど。映画のあと、8時半にレストラン予約してるし。困ったなあ。

F：バス、待っても来ないから、タクシーで行く？

M：ここからだと、タクシー代、けっこう高くなっちゃうよ。

F：そうね。映画のチケット、もう買っちゃった？

M：まだだけど。

F：じゃ、映画は今度にして、もう少し待ちましょうよ。

2人はどうして映画を見に行けませんか。

1. レストランへ行くから
2. バスが遅れているから
3. タクシー代が高いから
4. 映画のチケットを買っていないから

一女一男正在說話。兩個人為什麼不能去看電影呢？

F：怎麼還不來啊？

M：好慢啊！5點半就應該到了啊。

F：怎麼辦？已經5點50分了喔！電影是6點開始吧？

M：嗯，6點的下一場是8點半。但已經訂了看完電影後8點半的餐廳，真傷腦筋。

F：公車怎麼等都不來，要坐計程車去嗎？

M：從這邊坐過去的話計程車費會很貴喔！

F：也對。電影票你已經買好了嗎？

M：還沒。

F：那不然電影下次再看，我們再等一下吧！

兩個人為什麼不能去看電影呢？

1. 因為要去餐廳
2. 因為公車晚到了
3. 因為計程車費很貴
4. 因為還沒買電影票

正解：2

重點解說

「ちゃう」是「てしまいます」的縮約形，「ちゃうよ」是「てしまいますよ」；「ちゃった？」就是「てしまいましたか？」。

3番 MP3 02-02-03

女の人と男の人が話しています。女の人はどうして引越ししたいですか。

F：アパート引越ししたいのよね。

M：電車の音がうるさいって言ってたよね。

F：確かにうるさいんだけど、今はもう慣れたわ。部屋は安いし、広くて、きれいだから、問題ないんだけど、最近残業が多くて、夜遅くなっちゃうから、駅から遠いと、ちょっとね……。

M：女の子1人じゃね。

F：そうなの。せっかく安くていい部屋を見つけたと思ったのに……。

女の人はどうして引越ししたいですか。

1. 電車の音がうるさいから
2. 残業が多いから
3. 駅から遠いから
4. 女の子1人だから

一女一男正在說話。女性為什麼想搬家呢？

F：我真想搬離我的公寓。

M：我記得你說過電車的聲音很吵對吧？

F：是很吵沒錯，不過我現在已經習慣了。房租便宜、寬敞又漂亮，是沒有什麼問題，不過最近很常加班，回家都很晚了，如果離車站遠的話就……

M：畢竟是女生單獨一個人住啊！

F：就是啊。我還想說好不容易找到了便宜的好房子呢……

女性為什麼想搬家呢？

1. 因為電車的聲音很吵
2. 因為很常加班
3. 因為離車站很遠
4. 因為女生單獨一個人住

正解：3

重點解說

「最近残業が多くて、夜遅くなっちゃうから、駅から遠いと、ちょっとね……」（最近很常加班，回家都很晚了，如果離車站遠的話就……）這一句有否定的意思，也就是對「駅から遠い」（離車站遠）感到困擾。

4番 MP3 02-02-04

母と息子が話しています。子供はどうして月曜日学校へ行きませんか。

M：あー、頭が痛い。昨日の運動会、雨だったのに、中止にならないから、すっかり風邪引いちゃったよ。

F：風邪なんだから、ちゃんと寝ていなさいよ。明日、月曜からまた学校よ。今日は病院も休みで、お医者さんに診てもらえないし。

M：明日は行かなくていいんだよ。

F：あっ、そうだったわね。土曜日、運動会だったからね。

子供はどうして月曜日学校へ行きませんか。

1. 頭が痛いから
2. 運動会だから
3. 風邪を引いているから
4. 学校が休みだから

媽媽在和兒子說話。為什麼兒子禮拜一不去學校呢？

M：啊……我頭好痛！昨天的運動會明明下雨卻不中止，害我都感冒了！

F：感冒了就好好睡覺。明天禮拜一還要上課喔！今天醫院也沒開，沒辦法看醫生。

M：明天不用去啦！

F：啊，對耶！因為禮拜六是運動會呢！

為什麼兒子禮拜一不去學校呢？

1. 因為頭痛
2. 因為是運動會
3. 因為感冒了
4. 因為學校放假

正解：4

重點解說

從最後兒子和媽媽的對話可以知道禮拜六是運動會，所以禮拜一補假不用上課。

5番 MP3 02-02-05

女の人が話しています。どうしてレストランは閉店しましたか。

F：１９８４年にオーストラリアにオープンしてから、とても人気があった高級日本料理レストラン「さくら」が今週の金曜日に、閉店されることになってしまいました。昔は日本料理はあまり知られていませんでしたし、日本料理の店もそんなに多くありませんでした。しかし、今では、日本料理の店も増えて、どこでも、安く日本料理が食べられるようになってしまったので、売り上げが下がってしまったそうです。

どうしてレストランは閉店しましたか。

1. 売り上げが下がったから
2. 日本料理はあまり知られていないから
3. 日本料理の店が増えたから
4. 日本料理の店は多くないから

女性正在說話。為什麼餐廳歇業了呢？

F：自從 1984 年在澳洲開業以來，曾經廣受歡迎的高級日本料理店「櫻」決定在本週五歇業了。以前在當地日本料理鮮為人知，日本料理店也不多，不過據說因為現在日本料理店增加之後，在哪裡都可以吃到便宜的日本料理，所以店的營收因而減少了。

為什麼餐廳歇業了呢？

1. 因為營收下滑了
2. 因為日本料理鮮為人知
3. 因為日本料理店增加了
4. 因為日本料理店不多

正解：1

重點解說

會話中出現了「昔は～、今では～」（以前是～，現在是～），注意不要被以前的情報混淆了，只要記下必要的情報就好。

☞ **關鍵字**

オープン（開業）、高級（高級）、閉店（歇業）、売り上げ（營業額）

6番 MP3 02-02-06

男の人と女の人が話しています。どうして社長はまだ会社に来ていませんか。

M：社長は？

F：昨日会議があったので、おとといから大阪の方へ出張していますよ。

M：じゃ、今日は？

F：今日から会社へ戻られる予定になっていますが、今朝の電話では、「電車の事故があって、次のに乗ることになったから、あと1時間ぐらい遅れるかもしれない」って言っていました。午後は病院へ行く予定がありますから、また会社にはいなくなってしまうようです。何か御用でもおありですか。

M：うーん。じゃ、明日でいいや。

どうして社長はまだ会社に来ていませんか。

1. 出張だから
2. 病院へ行くから
3. 次の電車が来るまで待つから
4. 交通事故でけがをしたから

一女一男正在說話。為什麼社長還沒來公司呢？

M：社長呢？

F：因為昨天有會議，所以前天開始就去大阪出差了。

M：那今天呢？

F：預定今天會回公司，不過早上社長打了電話說「遇到電車事故，要改搭下一班，所以可能會晚個一小時到」。下午預定去醫院，所以好像又會離開公司吧！您有事嗎？

M：嗯……那就明天再講好了。

為什麼社長還沒來公司呢？

1. 因為去出差
2. 因為去醫院
3. 因為要等下一班電車來
4. 因為交通事故受傷了

正解：3

重點解說

社長有很多預定的行程，不過還沒來公司是因為電車的事故，必須改搭下一班車，所以會晚到公司。

7番 MP3 02-02-07

男の人と女の人が話しています。飛行機はどうして遅れますか。

M：今のアナウンス、何だって？

F：北海道の方は、天気が悪いって。

M：じゃ、飛行機遅れるかな。

F：そうね。前に沖縄に行った時も、台風で飛行機かなり遅れたわよね。

M：そういえば、今朝の天気予報で、北海道は風が強くて、ひどい雪になるって言ってたな。

F：そう。でも、風はないみたいよ。

飛行機はどうして遅れますか。

1. 風が強いから
2. 台風だから
3. 雪が降っていて、風も強いから
4. 雪がたくさん降っているから

一女一男正在說話。飛機為什麼延誤呢？

M：現在的廣播在說什麼？

F：它說現在北海道的天候很不好。

M：那飛機會不會延誤啊？

F：對啊。之前去沖繩的時候，也是因為颱風飛機延誤了很久。

M：這樣說來，早上的氣象預報就有說北海道會刮強風、下大雪吧？

F：對啊，不過好像沒有刮風的樣子。

飛機為什麼延誤呢？

1. 因為風很強
2. 因為有颱風
3. 因為下雪、刮強風
4. 因為下大雪

正解：4

重點解說

作答的時候要馬上區分出選項之間的不同。也要注意會話中的「ひどい」（厲害的）在正確答案的選項 4 中被代換成了「たくさん」（許多）。

☞ **關鍵字**

アナウンス（廣播）、北海道（北海道）、沖縄（沖繩）、ひどい（嚴重的；厲害的）

8番 MP3 02-02-08

男の人と女の人が話しています。どうして女の人は早く帰りますか。

M：もう帰るんですか？

F：ええ、最近残業で、毎日遅かったから……。昨日なんか、最終電車に乗り遅れちゃって、結局タクシーで帰ったのよ。だから、今日はちょっと頭が痛くて……。熱もあるみたいだし。

M：それは、大変でしたね。僕も、最近仕事が忙しいんですけど、今日は娘の誕生日なんで、早く帰らないといけないんですよ。家族とレストランへ行く約束をしてしまったし……。

どうして女の人は早く帰りますか。

1. 忙しいから
2. 体の調子が悪いから
3. 電車に乗り遅れるから
4. 家族とレストランでご飯を食べるから

一女一男正在說話。為什麼女性要提早回家呢？

M：你要回去了嗎？

F：對啊，最近因為加班每天都很晚回家……昨天還趕不上最後一班電車，結果坐計程車回家了。所以今天頭有點痛……好像也有發燒的樣子。

M：你還真辛苦。我最近也是工作很忙，不過今天是女兒的生日，必須早點回去啊！我還和家人約好要一起去餐廳吃飯……

為什麼女性要提早回家呢？

1. 因為很忙
2. 因為身體不舒服
3. 因為來不及坐電車
4. 因為要和家人去餐廳吃飯

正解：2

重點解說

不要把男性和女性的對話內容弄混了。兩人都要早點回家，不過女性的理由是選項2，男性的理由是選項4。而選項2把女性說的「ちょっと頭が痛くて……。熱もあるみたい」（頭有點痛……好像也有發燒）代換成了「体の調子が悪い」（身體不舒服）。

☞ **關鍵字**

最終電車（末班電車）、結局（結果）

9番 MP3 02-02-09

女の学生と男の学生が話しています。男の学生がやりたくないことはなんですか。

M：きのうは休みだったのに、そうじさせられて、嫌だったな。

F：お風呂とかトイレのそうじ？私もだいっきらい。

M：そうじゃなくて、自分の部屋。

F：えっ？ 私は母にそうじされるほうがやだな。

M：そう？

F：だって、見られたくないものとかあるし。

男の学生がやりたくないことはなんですか。

1. おふろのそうじ
2. トイレのそうじ
3. 自分の部屋のそうじ
4. お母さんの部屋のそうじ

女學生與男學生正在交談，男學生不想做什麼？

M：昨天明明是假日，我卻被叫去打掃，好煩啊。

F：打掃浴室或廁所嗎？我也最討厭打掃那些了。

M：才不是，是打掃自己的房間。

F：咦？我還不願意讓媽媽打掃呢。

M：是嗎？

F：因為有些東西不想被媽媽看到啊。

男學生不想做什麼？

1. 打掃浴室
2. 打掃廁所
3. 打掃自己房間
4. 打掃媽媽的房間

正解：3

重點解說

「だいっきらい」是「大嫌い」的強調說法，「やだ」是「嫌だ」的口語用法。

10番 MP3 02-02-10

女の人と男の人が話しています。男の人はどうして新しい電話を買いましたか。

F：インターネットが使える電話買ったの？

M：うん。ニュースも見られるし、外国語の勉強もできるし、友達とおしゃべりもできるしね。便利だよ。

F：だから買ったの？

M：いや、そんなに安くないから、もともと買うつもりはなかったんだ。

F：そうだよね。私もみんな持ってるからほしいんだけど、値段がね。

M：実は前のを落としちゃって。

F：それで、壊れちゃったの？

M：ううん、どこで落としたのか、わからなくて、見つからなかったんだ。

男の人はどうして新しい電話を買いましたか。

1. なくしたから
2. 安かったから
3. みんな持っているから
4. 壊れたから

一女一男正在交談。男性為什麼買了新的電話呢？

F：你買了可以上網的電話了？

M：嗯。可以看新聞又可以學習語言，還可以和朋友聊天，很方便喔。

F：所以才買的嗎？

M：不是，因為不便宜，所以原本不打算買的。

F：就是說啊。我也是因為大家都有所以也很想要，但是價格呀。

M：其實我之前用的掉了……

F：所以壞掉了嗎？

M：不是。完全不知道掉在哪？也找不到了。

男性為什麼買了新的電話呢？

1.因為不見了
2.因為便宜
3.因為大家都有
4.因為壞掉

正解：1

重點解說

「どこで落としたのか、わからなくて、見つからなかった」和「なくした」都是表達（物品）不見的意思。

11番 MP3 02-02-11

天気予報を聞いています。水曜日の午前中はどんな天気ですか。

F：関東地方のお天気です。きょう13日火曜日の15時の北部のお天気は曇りです。今夜は雨になるでしょう。強い雨が降るところもありますので、ご注意ください。明日は午後から晴れますが、昼までは雨が降ったり、やんだりするでしょう。しかし、あさってはまた1日ずっと雨のお天気となりそうです。

水曜日の午前中はどんな天気ですか。

1. 雨が降ったりやんだりする
2. いい天気になる
3. ずっと雨が降る
4. 曇り

氣象預報正在播報，星期三上午的天氣如何？

F：為您播報關東地區的天氣，今天13號星期二的15點，北部天氣為陰天，今晚應該會轉為降雨，有些地區會下大雨，請您多加留意。明天下午會放晴，但是雨會時停時下直到中午。然而後天可能又是一整天下雨的天氣。

星期三上午的天氣如何？

1. 雨時停時下
2. 會轉為好天氣
3. 一直下雨
4. 陰天

正解：1

重點解說

聽力重點在於星期三上午的天氣，會話中提到今天是13號星期二，而題目問的星期三天氣，就是明天的天氣。

12番 MP3 02-02-12

男の人と女の人が話しています。2人はいつ会いますか。

F：じゃ、もう少し値段について調べてみて、また会って話し合いましょう。

M：そうですね。きょうは2日ですよね。

F：いえ、3日です。あさってはどうですか。午後なら、ずっと時間が空いています。

一男一女正在交談，兩人約什麼時候要見面？

F：那麼我再調查一下價格後，我們再見面談吧。

M：說的也對，今天是2號吧。

F：不是，是3號，那約後天如何？下午的話我都有時間。

M：すみません、午前中なら大丈夫なんですが。その次の日でもいいですか。

F：うーん、その日はもしかしたら、会議があるかもしれないので、やっぱりあさってで。午前中の仕事を午後に変えますから。

M：わかりました。じゃ、またここで。

2人はいつ会いますか。

1. 5日の午前
2. 5日の午後
3. 6日の午前
4. 6日の午後

M：不好意思，我是上午可以，隔天可以嗎？

F：嗯……那天我或許有會要開，還是後天好了，我會把上午的工作改到下午的。

M：好的，那就約這裡再見了。

兩人約什麼時候要見面？

1. 5號上午
2. 5號下午
3. 6號上午
4. 6號下午

正解：1

重點解說

今天是 3 號，而非 2 號，因此後天就是 5 號了。女性所說的「やっぱりあさってで」是「やっぱりあさってでお願いします」的意思。

13 番 MP3 02-02-13

女の人と男の人が話しています。女の人はいつも休みの日に何をしていますか。

F：いつも休みの日はどう過ごしているんですか。

M：そうですね。車で出かけたり、写真を撮ったりしますね。山本さんは？

F：私も外に出るのが好きなんです。たいてい映画を見たり、友達に会ったりしています。でも、あしたはお天気があまりよくないらしいので。

M：ああ、そうらしいですね。

F：だから、家でのんびりしようかと思っています。本でも読んで。

M：家で本を読んで過ごすのも、たまにはいいですよね。

F：ええ、だからきょうは本屋に寄って帰るつもりです。

一女一男正在交談，女性在假日時總是都做些什麼事？

F：你假日都怎麼過的？

M：嗯……我都是開車出去，或是拍照吧，山本小姐妳呢？

F：我也喜歡往外跑，大多是看電影或和朋友見見面，不過明天天氣似乎不太好。

M：啊，好像是耶。

F：所以我打算在家悠閒度過，就看個書之類的。

M：偶爾在家看書打發時間也不錯啊。

F：是啊，所以今天我要順路去一下書店再回家。

女の人はいつも休みの日に何をしていますか。

1. 写真を撮る
2. 映画を見る
3. 本を読む
4. 友だちとドライブする

女性在假日時總是都做些什麼事？

1. 拍照
2. 看電影
3. 看書
4. 和朋友一起兜風

正解：2

重點解說

聽力重點在於「女性總在做的事情」，而對話中「たいてい」出現的地方，表示那是她常做的事。

14 番 MP3 02-02-14

男の人が話しています。サッカーの練習で 1 番大切なことは何だと言っていますか。

M：サッカーが上手になりたいと思ったら、ほかの人よりもたくさん練習しなければなりません。試合はもちろん大切です。しかし、試合は毎日はありませんから、自分で練習することが必要なのです。その場合、私は走るのがいいと思います。そうすれば、体が強くなるからです。これが 1 番大切です。ボールを使った練習は 1 人でやるよりも、友だちとやるほうがいいと思います。サッカーはみんなで楽しむスポーツですから。

一位男性正在說話，他說足球練習中最重要的是什麼？

M：如果你希望足球能踢得好，就必須比其他人做更多的練習。比賽當然重要，然而比賽不是每天都有，所以自我訓練是必要的。這個時候我覺得跑步很不錯，因為這樣身體可以練得更強壯，而這是最重要的。我覺得練球與其自己一個人練，不如和伙伴們一起練，因為足球就是大家一起玩的運動。

サッカーの練習で 1 番大切なことは何だと言っていますか。

1. 1 人で練習すること
2. 毎日走ること
3. 友だちと練習すること
4. 試合をすること

他說足球練習中最重要的是什麼？

1. 一人獨自練習
2. 每天跑步
3. 和朋友一起練習
4. 參加比賽

正解：2

重點解說

聽力重點在於最重要的事，要注意這題的談話中，男性是說完最重要的事情內容後，才提到「これが1番大切です」，所以聽的時候要一邊參照選項，一邊記下重點。

15番 MP3 02-02-15

女の人が話しています。女の人はアルバイトを探すときに1番大切なことは何だと言っていますか。

F：私はアルバイトをして、遊びに行ったり、ほしいものを買ったりしています。アルバイトを探す時は、友だちや家族に紹介してもらっています。ぜんぜん知らない所は安心して働くことができません。お金は少ないより多いほうがいいですが、お金より安心して働けるところが1番いいと思います。会社が小さくても、有名じゃなくても、かまいません。いろいろな仕事に興味があるので、どんな仕事でもやってみたいと思っています。

女の人はアルバイトを探すときに1番大切なことは何だと言っていますか。

1. 興味がある仕事ができるところ
2. 会社が有名なこと
3. お金が多いところ
4. 安心してアルバイトができるところ

一位女性正在說話，女性認為找打工工作時，最重要的是什麼？

F：我靠著打工賺錢，出去遊玩或買自己想要的東西。找打工時，我都是請朋友或家人介紹。如果是陌生的地方，是沒有辦法安心工作的。薪水多雖然比較好，但我覺得比起薪水來說，可以安心工作的環境是最重要的。公司即使小、不有名都沒關係。我對各種工作都抱持興趣，無論是什麼類型的工作，我都願意嘗試。

女性認為找打工工作時，最重要的是什麼？

1. 可以從事自己有興趣的工作
2. 公司出名
3. 薪水多
4. 可以安心工作的環境

正解：4

重點解說

聽力重點在於最重要的事，談話中提到「お金より安心して働けるところが1番いいと思います」，其中的「～より」表示的僅是比較對象而已，重點在於剩下所提的部分。

もんだい 問題3

考你什麼？

在「問題（もんだい）3」這個大題裡，必須先看圖並聽狀況說明後，選出三個表達中最符合狀況的選項。首先邊看圖邊聽狀況說明時，試著掌握是哪種狀況下的表達。同時圖中會以「箭頭」標示出發話者，請注意發話者應該怎麼「發話」。

要注意什麼？

- ✔ 本大題開始前會先播放例題，讓你了解答題流程。注意例題不需作答。
- ✔ 提問和選項都很短，務必集中精神仔細聆聽。
- ✔ 本題型答案的選項只有 3 個。問題用紙（試題本）上只有圖畫，沒有文字；利用圖畫判斷發話者在該情境下如何發話。

圖解答題流程

一開始先掌握住情境與**箭頭指向的發話者**

1 留意圖中箭頭所指的發話者邊聽提問情境

2 針對提問，聆聽選項思考可配對的答案

3 從 3 個選項中選出最適宜的答案

れい

① F： 仕事(しごと)が終(お)わって帰(かえ)ります。ほかの人(ひと)になんと言(い)いますか。

② M： 1. さようなら
2. お先(さき)に失礼(しつれい)します。
3. 私(わたし)は帰(かえ)ります。

①

③ もんだい 3

れい	①	●	③
1	①	②	③
2	①	②	③
3	①	②	③
4	①	②	③
5	①	②	③

注意

✔ 問題 3 題型共 5 題，本練習共 14 題。

✔ 每題僅播放一次。

✔ 每題播放結束後，約 10 秒為作答時間。

✔ 問題用紙（試題本）上僅有情境圖畫（如上步驟 ① 框框內的圖）。情境提示和問題必須仔細聆聽 MP3。

もんだい３ MP3 02-03-00

もんだい３では、えを　見ながら　しつもんを　聞いて　ください。➡（やじるし）の　人は　何と　言いますか。１から３の　中から、いちばん　いい　ものを　一つ　えらんで　ください。

１ばん MP3 02-03-01

2 ばん MP3 02-03-02

3 ばん MP3 02-03-03

4ばん MP3 02-03-04

5ばん MP3 02-03-05

6ばん MP3 02-03-06

7ばん MP3 02-03-07

8ばん MP3 02-03-08

9ばん MP3 02-03-09

10 ばん MP3 02-03-10

11 ばん MP3 02-03-11

12 ばん MP3 02-03-12

13 ばん MP3 02-03-13

14 ばん MP3 02-03-14

問題 3　スクリプト詳解

（解答）

1	2	3	4	5	6	7
3	**2**	**1**	**1**	**3**	**2**	**1**
8	9	10	11	12	13	14
3	**2**	**1**	**3**	**2**	**1**	**3**

（M：男性　F：女性）

1 番　MP3 02-03-01

F：先生（せんせい）の話（はな）す日本語（にほんご）が速（はや）すぎます。何（なん）と言（い）いますか。

M：1. 日本語（にほんご）がとても上手（じょうず）ですね。

2. もう少（すこ）し遅（おそ）く話（はな）してください。

3. もう少（すこ）しゆっくり話（はな）していただけませんか。

F：老師講的日文太快了，這時候要說什麼呢？

M：1. 您的日文很好呢！

2. 請講慢一點。

3. 可以請您稍微講慢一點嗎？

正解：3

重點解說

對上司、長輩等身分地位比較高的人，會用依賴表現「～てもらえませんか」的謙讓語「～ていただけませんか」（可以請您～嗎？）。另外要表達「說慢一點」時可以用「ゆっくり話（はな）す」，而「遅（おそ）く話（はな）す」是錯誤的說法。

2 番　MP3 02-03-02

F：先生（せんせい）が大（おお）きな荷物（にもつ）をたくさん持（も）っています。何（なん）と言（い）いますか。

M：1. 荷物（にもつ）、持（も）ってもらいたいですか。

2. 荷物（にもつ）、お持（も）ちしましょうか。

3. 荷物（にもつ）、1つ（ひと）だけ持（も）った方（ほう）がいいですよ。

F：老師拿著很多大件的行李，這時候會說什麼呢？

M：1. 您想要我幫您拿行李嗎？

2. 我幫您拿行李吧！

3. 行李只拿一樣比較好喔！

正解：2

重點解說

在要求給予幫助時，會用要求表現的「～ましょうか」。「お持ちします」是由「お＋V（ます形）＋します」變化而來，是「持ちます」的尊敬語。對上司、長輩說「～たいですか」是失禮的。

3番 MP3 02-03-03

F：社長の部屋に入ります。何と言いますか。

M：1. 失礼いたします。
2. ごめんください。
3. お邪魔します。

F：要進去社長的辦公室，這時候會說什麼呢？

M：1. 抱歉打擾了。
2. 有人在嗎？
3. 打擾了。

正解：1

重點解說

「ごめんください」（有人在嗎？）是到別人家，要求對方帶自己進門時說的話。「お邪魔します」是拜訪時說的話。在這裡是出入上司、長輩的場所時說的問候句，在公司進入上司的辦公室時，最好都說「失礼します」（抱歉打擾了）。

4番 MP3 02-03-04

M：用事があるので、早く帰りたいです。何と言いますか。

F：1. 早く帰らせていただけませんか。
2. 早く帰っていただけませんか。
3. 早く帰ってもいいんですか。

M：因為有事情想早點回家，這時候會說什麼呢？

F：1. 可以讓我提早回去嗎？
2. 您可以提早回去嗎？
3. 可以提早回去嗎？

正解：1

重點解說

在想要得到對方許可時，會使用「使役動詞＋ていただけませんか」的句型。在這一題裡面動作者是自己，而選項2的「～ていただけませんか」動作者會變成對方，要多加注意。

5番 MP3 02-03-05

F：飛行機の中であなたの席に誰かが座っています。何と言いますか。
M：1. あのう、ここに座っていただけませんか。
2. あのう、ここに座ってもいいですか。
3. あのう、ここは私の席なんですが……。

F：在飛機上有人坐了你的座位，這時候會說什麼呢？
M：1. 請問，您可以坐這裡嗎？
2. 請問，我可以坐這裡嗎？
3. 那個，這裡是我的位置喔……

正解：3

重點解說

在這一題是要指責對方的錯誤行為，在這種時候，會用「あのう」有所顧慮地向對方搭話，然後用「～んです」讓對方注意其後要說的內容（例如提醒、指責錯誤等等）。加上「が」則表示出謙虛的語氣。

6番 MP3 02-03-06

F：隣の人が電車の中でタバコを吸い始めました。何と言いますか。
M：1. すみません、ここは禁煙ですか。
2. あのう、ここは禁煙なんですが……。
3. ここで、タバコを吸わせてください。

F：電車內坐在隔壁的人開始抽菸了，這時候會說什麼呢？
M：1. 不好意思，這邊禁煙嗎？
2. 那個，這邊禁煙喔……
3. 請讓我在這邊抽菸。

正解：2

重點解說

這一題是糾正他人行為時用的表現。用「あのう」有所顧慮地向對方搭話，然後用「～んです」讓對方注意其後要說的內容（例如提醒、指責錯誤等等）。加上「が」則表示出謙虛的語氣。

7番 MP3 02-03-07

F：先週友達に借りたビデオをまだ見ていません。何と言いますか。
M：1. ごめん、あと2、3日借りてもいい？
2. ごめん、あと2、3日借りてちょうだい。
3. ごめん、あと2、3日貸してあげてもいい？

F：上禮拜向朋友借的錄影帶還沒看，這時候會說什麼呢？
M：1. 抱歉，可以再借我兩、三天嗎？
2. 抱歉，你跟別人借兩、三天。
3. 抱歉，我可以再借你兩、三天嗎？

正解：1

重點解說

和朋友說話時會用常體，「ごめん」（對不起）是簡單的賠罪表現，而依賴表現的「てもいいですか」省略變成「てもいい？」。選項2「借(か)りてちょうだい」改成「貸(か)してちょうだい」就符合本題。注意「借(か)ります」（向別人借）、「貸(か)します」（借給別人）兩個單字之間的差異。

8番 MP3 02-03-08

M：お世話(せわ)になっている先生(せんせい)にプレゼントをあげたいです。何(なん)と言(い)いますか。

F：1. プレゼントがほしいですか。

2. プレゼントをあげましょうか。

3. つまらないものですが、どうぞ。

M：想送禮給平日照顧自己的老師，這時候會說什麼呢？

F：1. 你想要禮物嗎？

2. 我給你禮物吧！

3. 一點小意思，不成敬意。

正解：3

重點解說

在送禮的時候，通常會謙虛地說「つまらないものですが、どうぞ」（一點小意思，不成敬意）。而選項1對長輩、上司說「ほしいですか」（你想要嗎？）是很失禮的行為。

9番 MP3 02-03-09

F：先生(せんせい)に日本語(にほんご)を教(おし)えてもらいました。何(なん)と言(い)いますか。

M：1. ご苦労様(くろうさま)でした。

2. ありがとうございました。

3. 日本語(にほんご)が上手(じょうず)ですね。

F：老師教我日文，這時候會說什麼呢？

M：1. 辛苦了。

2. 謝謝。

3. 您的日文真好。

正解：2

重點解說

對身分地位比自己高的人，用「～が上手(じょうず)ですね」稱讚對方的專門領域有時候反而是失禮的事情，要多留意。

10番 MP3 02-03-10

F：医者が病院に来た人に聞きます。何と言いますか。
M：1. きょうは、どうしましたか。
2. きょうは、どうしますか。
3. きょうは、どうしたいですか。

F：醫生詢問來醫院看病的病人，要說什麼呢？
M：1. 今天怎麼了嗎？
2. 今天要怎麼做？
3. 今天你想要怎麼做？

正解：1

重點解說

選項 2 和 3 的說法是詢問對方要怎麼辦時的說法，美髮師詢問客人時可以用選項 2。

11番 MP3 02-03-11

M：込んでいるバスの中にいます。バス停に着いたので降りたいです。何と言いますか。

F：1. 失礼ですが、降りてほしいんですが。
2. ごめんなさい。降りてもいいですか。
3. すみません。降ります。

M：你坐在擁擠的公車裡，因為到站了你想下車，要說什麼呢？
F：1. 不好意思很冒昧地，我想請你下車。
2. 對不起，我可以下車嗎？
3. 不好意思，我要下車。

正解：3

重點解說

「失礼ですが」用於直接詢問的話會顯得失禮的情況。例如：很冒昧地請問您貴姓？（若只說「お名前は？」的話，是很失禮的）

「V（テ形）ほしい」用於發話者希望對方做（什麼事）。因此「降りてほしい」不是說話者要下車，而是希望聽話者下車。

12番 MP3 02-03-12

F：友達に電話をかけました。今、話してもいいかどうか聞きます。何と言えばいいですか。
M：1. もしもし、山田だけど、いつが都合がいい？

F：打電話給朋友，要詢問他現在方便說話嗎？要說什麼呢？
M：1. 喂，我是山田，你什麼時候方便？

2. もしもし、山田だけど、今ちょっといい？

3. もしもし、山田だけど、ちょうどいい？

2. 喂，我是山田，現在方便嗎？

3. 喂，我是山田，剛剛好嗎？

正解：2

重點解說

「いつが」是詢問將來的事，不適合用來詢問現在方便說話嗎。

13番 MP3 02-03-13

M：友達の辞書を借りたいです。何と言いますか。

F：1. その辞書、ちょっと貸してもらえない？

2. その辞書、借りてもらってもいい？

3. その辞書、見せてもいい？

M：你想向朋友借字典，要說什麼呢？

F：1. 借我那本字典一下？

2. 可以麻煩你去借那本字典嗎？

3. 那本字典給我看一下？

正解：1

重點解說

「貸してもらえない？」、「貸してください」和「貸してくれない？」一樣都是發話者詢問別人的說法，一起背起來吧。另外這裡也可以使用「借りてもいい？」

14番 MP3 02-03-14

F：あした7時に起きなければなりません。お母さんに何と言いますか。

M：1. お母さん、あした7時に起きて。

2. お母さん、あしたの朝7時に起きてもいい？

3. お母さん、あしたは7時に起こして。

F：明天七點必須要起床，要對媽媽說什麼？

M：1. 媽，明天七點起床。

2. 媽，我明天早上可以七點起床嗎？

3. 媽，明天七點叫我。

正解：3

重點解說

要多加注意「起きる・起こす」之類的自他動詞用法，除此之外，還有「着る・着せる」「見る・見せる」等等。

即時應答

問題4

考你什麼？

在「問題 4」這個大題裡，跟問題 3 最大不同在於問題 3 選擇的是「發話」，問題 4 選擇的則是「回應」。

發話常出現請求委託、徵求許可、描述心情等狀況，也會有打招呼和道謝等慣用語，熟記用法有助於答題。全部的對話都只有一、兩句話且生活化，主要考你能否針對它的發話，立即作出適當的應答！

要注意什麼？

- ✔ 本大題開始前會先播放例題，讓你先了解答題流程，注意例題不需作答。
- ✔ 對話很短，務必集中精神仔細聆聽。
- ✔ 本題型答題選項只有 3 個。問題用紙（試題本）上沒有文字、圖畫，請邊聽邊在問題用紙上做筆記。

1 發話很短，且只講一次

2 針對它的發話，聆聽選項思考適合回應的答案

3 從 3 個選項中選出最適宜的答案

れい

1 F：今度はぜひ奥様とご一緒に遊びに来てくださいね。

2 M：1. はい、今日はどうもごちそうさまでした。
2. ええ、今度一緒に遊びます。
3. 今度はいつきますか。

3

もんだい 4			
れい	●	②	③
1	①	②	③
2	①	②	③
3	①	②	③
4	①	②	③
5	①	②	③
6	①	②	③
7	①	②	③
8	①	②	③

注意

- ✔ 問題 4 題型共 8 題，本練習共 29 題。
- ✔ 每題僅播放一次。
- ✔ 每題播放結束後，約 8 秒為作答時間。
- ✔ 問題用紙（試題本）上沒有任何圖畫或文字，必須仔細聆聽 MP3。
- ✔ 可在問題用紙上做筆記。

もんだい 4 MP3 02-04-00

もんだい 4 では、えなどが　ありません。まず　ぶんを　聞（き）いて　ください。それから、そのへんじを　聞（き）いて、1 から 3 の　中（なか）から、いちばん　いい　ものを　一（ひと）つ　えらんで　ください。

1 ばん MP3 02-04-01

2 ばん MP3 02-04-02

3 ばん MP3 02-04-03

4 ばん MP3 02-04-04

5 ばん MP3 02-04-05

6 ばん MP3 02-04-06

7 ばん MP3 02-04-07

8 ばん MP3 02-04-08

9 ばん MP3 02-04-09

10 ばん MP3 02-04-10

11 ばん MP3 02-04-11

12 ばん MP3 02-04-12

13 ばん MP3 02-04-13

14 ばん MP3 02-04-14

15 ばん MP3 02-04-15

16 ばん MP3 02-04-16

17 ばん MP3 02-04-17

18 ばん MP3 02-04-18

19 ばん MP3 02-04-19

20 ばん MP3 02-04-20

21 ばん MP3 02-04-21

22 ばん MP3 02-04-22

23 ばん MP3 02-04-23

24 ばん MP3 02-04-24

25 ばん MP3 02-04-25

26 ばん MP3 02-04-26

27 ばん MP3 02-04-27

28 ばん MP3 02-04-28

29 ばん MP3 02-04-29

問題 4　スクリプト詳解

（解答）

1	2	3	4	5	6	7	8
3	**2**	**1**	**3**	**2**	**3**	**2**	**2**
9	10	11	12	13	14	15	16
3	**1**	**2**	**3**	**2**	**2**	**1**	**2**
17	18	19	20	21	22	23	24
1	**3**	**3**	**1**	**2**	**2**	**3**	**1**
25	26	27	28	29			
1	**2**	**3**	**3**	**2**			

（M：男性　F：女性）

1 番　MP3 02-04-01

M：ハンカチ、落（お）ちましたよ。

F：1. 気（き）にしないでくださいね。

2. それは、残念（ざんねん）でしたね。

3. あら、すみません。

M：手帕掉了喔！

F：1. 請別在意哦！

2. 那真是可惜。

3. 啊，不好意思。

正解：3

重點解說

「～よ」是在提示對方新情報時使用。在這裡是告訴對方「手帕掉了」的情報。「あら」是對意外的事情表示輕微的驚訝，並用「すみません」（不好意思）向對方的提醒表示謝意。

2 番　MP3 02-04-02

M：日本語（にほんご）の試験（しけん）、ダメそうなんですよ。

F：1. それは、残念（ざんねん）ですね。

2. それは、困（こま）りましたね。

3. それは、失礼（しつれい）しました。

M：日文考試我好像會考得很糟。

F：1. 那還真令人遺憾。

2. 那還真傷腦筋。

3. 那真是抱歉了。

正解：2

重點解說

「ダメそう」（好像不行）用於還不知道結果到底好不好時的狀況。「残念(ざんねん)ですね（真令人遺憾）」是對不好的結果表示同情，所以不適合用在這個時候。而對遇到了難題時的同情表現會用「困(こま)りましたね」（真傷腦筋）。

3番 MP3 02-04-03

F：ちょっとすみません、今(いま)よろしいですか。
M：1. ええ、どうしましたか。
2. こちらこそ、すみません。
3. 悪(わる)いですね。

F：不好意思，現在方便嗎？
M：1. 好，怎麼了嗎？
2. 我才不好意思。
3. 真是抱歉啊！

正解：1

重點解說

「ちょっと」是有顧慮的說話表現。「今(いま)よろしいですか」（現在方便嗎？）用於切入話題時，問對方狀況是否方便。

4番 MP3 02-04-04

M：今(いま)、時間(じかん)がありますか？
F：1. 時計(とけい)はそこにありますよ。
2. 今(いま)、もう10時半(じゅうじはん)ですよ。
3. ええ、何(なん)ですか。

M：現在有時間嗎？
F：1. 時鐘的話在那邊哦！
2. 現在已經10點半了哦！
3. 好，有事嗎？

正解：3

重點解說

「時間(じかん)がありますか」（有時間嗎？）是要切入話題時，問對方狀況是否方便。

5番 MP3 02-04-05

M：ずいぶん歌(うた)がお上手(じょうず)ですね。
F：1. はい、お上手(じょうず)なんです。
2. いいえ、それほどでもありませんよ。
3. いいえ、こちらこそどうも。

M：您歌唱得真好。
F：1. 對，我唱得很棒。
2. 哪裡，您過獎了。
3. 哪裡，也請您多多指教。

正解：2

重點解說

被稱讚的時候，通常會用「それほどでもありません」（您過獎了）、「いいえ、まだまだです」（哪裡，我還得多加油）等謙虛的表現。

6番 MP3 02-04-06

F：コンビニへ行きますけど、何か買ってきましょうか。

M：1. じゃ、何か買いましょう。

2. じゃ、ジュースを買いますね。

3. じゃ、ジュース、お願いします。

F：我要去便利商店，要不要幫你買點東西？

M：1. 那買點東西吧。

2. 那我買果汁喔！

3. 那請幫我買果汁。

正解：3

重點解說

「～ましょうか」是提出要求時的表現。接受要求時，會用「お願いします」回答。

7番 MP3 02-04-07

M：これ、つまらないものですが、どうぞ。

F：1. わあ、お願いします。

2. いつも悪いですね。

3. それはよかったですね。

M：一點小東西，請笑納。

F：1. 哇！拜託你！

2. 每次都讓您費心，真不好意思。

3. 那真是太好了。

正解：2

重點解說

贈禮的時候，通常會用「つまらないものですが～」來表示謙遜。「悪いですね」（真不好意思）是道謝時的一種表現。

8番 MP3 02-04-08

M：この書類、間違いがあるよ。
F：1. はい、がんばります。
2. 申し訳ありません。
3. こちらこそ、どうもすみません。

M：這份文件有錯喔！
F：1. 好的，我會加油。
2. 非常抱歉。
3. 我才是，真是抱歉。

正解：2

重點解說

在被指出錯誤時，會用「申し訳ありません」鄭重地表示歉意。

9番 MP3 02-04-09

M：最近、どう？
F：1. 気持ちが悪いです。
2. こちらこそ。
3. おかげさまで。

M：最近好嗎？
F：1. 我覺得不舒服。
2. 我才是。
3. 托您的福，很好。

正解：3

重點解說

「どう？」（如何？）是久違時問對方近況的問候語。「おかげさまで」（托您的福）是對他人的幫助或親切表達感謝之意的表現，但在這邊是當作問候語使用。

10番 MP3 02-04-10

F：あっ、そのかばんはそこに置いといて。
M：1. はい、分かりました。
2. はい、置きますね。
3. じゃ、お願いします。

F：啊，那個包包放那邊。
M：1. 好，我知道了。
2. 那，我放著喔。
3. 那就拜託你了。

正解：1

重點解說

「置いといて」是「置いておいてください」的省略，這裡的「～て＝～てください」，是指示的意思。

11 番 MP3 02-04-11

M：すみません、お水1つお願いしたいんですが。
F：1. 是非、お願いします。
2. かしこまりました。
3. 失礼いたします。

M：不好意思，請給我一杯水。
F：1. 千萬拜託了。
2. 我知道了。
3. 不好意思。

正解：2

重點解說

「かしこまりました」是「分かりました」（我知道了）的謙讓語。

12 番 MP3 02-04-12

F：課長は今、席を外しているんですが……。
M：1. それは大変ですね。
2. 席はどこですか。
3. 何時ごろお帰りになりますか。

F：課長現在不在座位上……
M：1. 那還真辛苦。
2. 座位在哪裡呢？
3. 什麼時候會回來呢？

正解：3

重點解說

「席を外している」（不在座位上）是不在座位及視線範圍內的意思。

13 番 MP3 02-04-13

F：今日はどうなさいますか。
M：1. 熱が少しあって、頭も痛いです。
2. 短くカットしてください。
3. とても楽しいです。

F：今天要怎麼弄呢？
M：1. 有一點發燒，而且還有頭痛。
2. 請剪短。
3. 我很開心。

正解：2

重點解說

「どうなさいますか」是「どうしますか」（要怎麼弄呢）的尊敬語，有禮貌地詢問對方的希望。

14番 MP3 02-04-14

F：課長（かちょう）、やっと明日（あした）の会議（かいぎ）の資料（しりょう）ができました。

M：1. おつかれさま。
2. ごくろうさま。
3. そうですか。いいですね。

F：課長，明天開會要用的資料終於好了。

M：1. 辛苦了。
2. 辛苦了。
3. 是嗎？真好。

正解：2

重點解說

「ごくろうさま」是上司、長輩對下屬、晚輩的問候表現，相反的則是「お疲（つか）れさま」。

15番 MP3 02-04-15

F：あと10分（じゅっぷん）ぐらいで終（お）わると思（おも）いますが……。

M：1. そうですか。じゃあ、待（ま）っています。
2. そうですね。3時（さんじ）10分（じゅっぷん）ぐらいです。
3. そうですね。私（わたし）もそう思（おも）います。

F：我再10分鐘左右就會結束……

M：1. 是嗎？那我等你。
2. 是啊，大概3點10分左右。
3. 是啊，我也這麼覺得。

正解：1

重點解說

「あと10分（じゅっぷん）」是還要10分鐘的意思，也就是說接下來的10分鐘之後，現在的動作就會結束的意思。

16番 MP3 02-04-16

F：ちょっと休（やす）んだほうがいいんじゃない。

M：1. そうだね。いいんじゃない。
2. うん、そうするよ。
3. うん、休（やす）んでいいよ。

F：稍微休息一下比較好吧！

M：1. 對啊，不錯吧？
2. 好，我會休息的。
3. 好，你可以休息喔！

正解：2

重點解說

「～ほうがいい」是用來表示建議，「じゃない？」是較含蓄的表示意見方式，所以「～ほうがいいじゃない？」是含蓄地給予建議的表現。

17番 MP3 02-04-17

F：いいお店見つけたんだ。一緒に食べに行かない？

M：1. いいね。いつ？
2. へー、いい店だね。
3. どうぞ、食べてくださいよ。

F：我發現了一間不錯的店，要不要一起去吃？

M：1. 不錯啊，什麼時候去？
2. 這樣啊？真是間好店。
3. 請用。

正解：1

重點解說

「行かない？」是「行きませんか？」的常體，是勸誘的表現方法。

18番 MP3 02-04-18

F：お疲れさまでした。

M：1. 元気になってくださいね。
2. 本当に疲れましたね。
3. じゃ、また明日。

F：辛苦了。

M：1. 請保重喔！
2. 真的很累啊！
3. 那麼明天見。

正解：3

重點解說

「お疲れさまでした」（辛苦了）是下屬、晚輩對上司、長輩使用的表現，在職場上也是對先回家的人使用的問候語。

19番 MP3 02-04-19

M：ジュースを買ってきたんだけど、どれがいい？

F：1. じゃ、私はこれになります。
2. ええ、おいしそうですね。
3. じゃ、私はこれにします。

M：我買了果汁，你要哪一個？

F：1. 那我要變成這個。
2. 對啊，好像很好喝的樣子。
3. 那我要這個。

正解：3

重點解說

「～にします」是表示自己的決定，「これにします」是「（私は）これを選びます（我選這個）」、「（私は）これがいいです（我覺得這個好）」的意思。

20番 MP3 02-04-20

M：この雨じゃ仕方がありませんね。
F：1. また今度がありますよ。
2. どんな方法がありますか。
3. 傘はどうですか。

M：雨下這麼大只好放棄了。
F：1. 下次還有機會喔！
2. 有什麼方法嗎？
3. 你需要傘嗎？

正解：1

重點解說

「仕方がありません」是無計可施的意思，在這裡指的是「這一次只好放棄」。「また今度がありますよ」（下次還有機會）是安慰、鼓勵的表現。

21番 MP3 02-04-21

F：チケットを予約しておきましょうか。
M：1. 予約しておきましょう。
2. ええ、お願いします。
3. 2枚ですね。

F：我先訂票吧。
M：1. 先訂吧。
2. 好，拜託你了。
3. 兩張對吧？

正解：2

重點解說

「～ましょうか」是提出建議的表現，而在接受建議的時候，會使用「お願いします」（拜託你了）等依賴表現。

22番 MP3 02-04-22

M：来月の社員旅行に参加しようと思ったんですけど、やっぱり……。
F：1. そうなんですか。楽しみですね。
2. そうですか。残念ですね。
3. 私も参加しようと思います。

M：我很想參加下個月的員工旅遊，不過……
F：1. 是嗎？真令人期待呢。
2. 是嗎？真是可惜呢。
3. 我也想參加。

正解：2

重點解說

「～んですけど」是拒絕時的前述句，藉由省略後面要說的話，表達出難以開口的樣子，並做出委婉的拒絕。而「やっぱり」（還是）則有經過思考後作出決定的意思。被拒絕的時候會用「残念ですね」（真可惜）「また今度」「またこの次」（下次再去）來回應。

23番 MP3 02-04-23

F：部長、明日休ませていただけませんか。	F：部長，我明天可以請假嗎？
M：1. お大事に。	M：1. 請多保重。
2. ゆっくり休みたいです。	2. 我想好好休息。
3. ええ、かまいませんよ。	3. 好，可以喔！

正解：3

重點解說

「使役動詞＋ていただけませんか」是說話者請求許可的表現，這一題的動作者不是部長而是女性。「かまいませんよ」是「いいですよ」（可以喔）較鄭重的說法，在這裡是允許的表現。

24番 MP3 02-04-24

F：もう帰らないと……。	F：我得回家了……
M：1. じゃ、そろそろ帰りましょうか。	M：1. 那我們差不多該回去了。
2. 気をつけましょうね。	2. 小心喔！
3. 何時に帰ってきますか。	3. 你幾點會回來？

正解：1

重點解說

「～ないと」是「～ないといけません」的省略，類似的表現還有「帰らなければなりません」（必須回去）。藉由句子後半的省略，間接地表達出想回家的希望，是委婉的說法。

25番 MP3 02-04-25

F：どうしたんですか？なんだか元気がありませんね。
M：1. いいえ、何でもありません。
　2. いいえ、何もありません。
　3. 本当に、どうしたんでしょうね。

F：你怎麼了？好像沒有精神耶。
M：1. 沒有，沒什麼事。
　2. 沒有，什麼都沒有。
　3. 真的，可能怎麼了吧？

正解：1

重點解說

「～でしょうね」是一邊推測一邊詢問對方的說法。

26番 MP3 02-04-26

F：山本さん、うれしそうでしょう。大学に合格したそうですよ。
M：1. ああ、それから。
　2. ああ、それで。
　3. ああ、それに。

F：山本同學看起來很開心的樣子吧，聽說他考上大學了喔。
M：1. 喔，然後。
　2. 喔，原來如此。
　3. 喔，還有。

正解：2

重點解說

選項2是表示理由的用法，也可用「だから（ですか／なんですね）」等。

27番 MP3 02-04-27

F：お宅はどちらですか。
M：1. 日本です。
　2. コンピューターの会社です。
　3. 東京です。

F：您府上在哪裡？
M：1. 日本。
　2. 電腦公司。
　3. 東京。

正解：3

重點解說

「お宅」是「あなたの家」的禮貌說法。

28番 MP3 02-04-28

F：テストを始めてから、30分たちました。書き終わった人は出していいですよ。

M：1. はい、試験はもう終わりですね。

2. ええっ、もう出さなければなりませんか。

3. そうですか。では、出します。

F：考試已經進行30分鐘了，寫完的人可以交卷喔。

M：1. 好，考試已經結束了吧。

2. 什麼？已經要交卷了嗎？

3. 是嗎？那我要交卷。

正解：3

重點解說

「書き終わった人は」中用了「は」，是強調寫完的人，意思是指只有寫完的人，並非表示考試結束了。

29番 MP3 02-04-29

F：今朝、遅刻しそうになったよ。

M：1. あと5分早く家を出れば間に合うのに。

2. よかったね。間に合って。

3. あしたまた遅刻したら、課長に怒られるよ。

F：今天早上我差一點遲到了。

M：1. 你再提早5分鐘出門的話就趕得上了。

2. 還好趕上了。

3. 明天要是再遲到的話，會被課長罵的喔。

正解：2

重點解說

「遅刻しそうになった」表示沒有遲到，而「雨が降りそうだ」表示還沒下雨，都是表示未發生。

模擬試題
（附模擬試卷1回）

本單元為完整「3回模擬試題」+「1回模擬試卷」。

在經過前面各題型練習後，本單元訓練重點就是要你掌握時間，調整答題節奏！不緊張！

N4聽解考試1回總時間為35分鐘，考試節奏緊湊，思考時間有限，與自己在家裡練習不同。每回模擬試題請以認真的態度進行，中途不要停止，一股作氣將每回完整做完。「1回模擬試卷」是完全仿照日檢問題用紙設計，當做完前3回的模擬試題後，這回就要讓自己完全進入考試狀態，來測試看看你是否能完全掌握？！

もんだい 1

MP3 03-01-00

もんだい 1 では、まず　しつもんを　聞いて　ください。それから 話を　聞いて、もんだいようしの　1 から 4 の　中から、いちばん　いい ものを　一つ　えらんで　ください。

れい

1　肉と　野菜

2　野菜と　牛乳

3　牛乳と　米

4　肉と　米

1ばん MP3 03-01-01

1 店(みせ)を　さがす

2 店(みせ)を　よやくする

3 女(おんな)の人(ひと)に　電話(でんわ)する

4 女(おんな)の人(ひと)に　メールする

2ばん MP3 03-01-02

1 ホテルに　行(い)く

2 お茶(ちゃ)を　飲(の)む

3 買(か)い物(もの)する

4 食事(しょくじ)を　する

3ばん MP3 03-01-03

ア	
イ	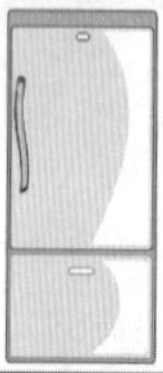
ウ	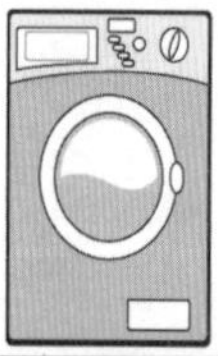
エ	
オ	

1　ア　イ

2　イ　ウ

3　エ　オ

4　イ　オ

4 ばん MP3 03-01-04

1 デパート

2 映画(えいが)

3 山(やま)

4 海(うみ)

5 ばん MP3 03-01-05

1 火曜日(かようび)

2 水曜日(すいようび)

3 木曜日(もくようび)

4 金曜日(きんようび)

6ばん MP3 03-01-06

1 お皿を　洗う

2 料理を　運ぶ

3 クッキーを　並べる

4 テーブルを　ふく

7ばん MP3 03-01-07

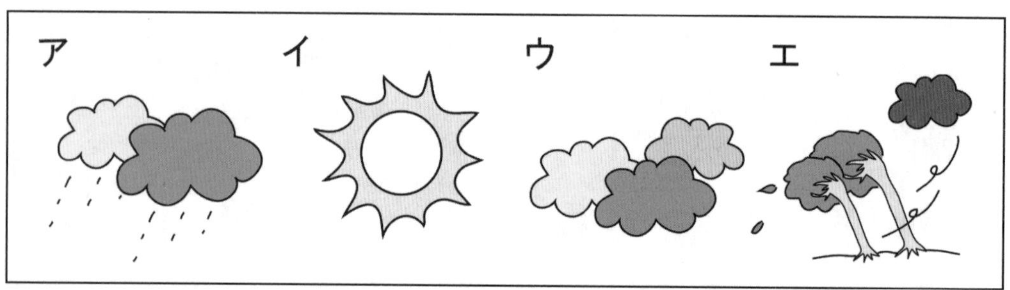

1 ア　ウ

2 ア　エ

3 イ　ウ

4 イ　エ

8 ばん MP3 03-01-08

1

2

3

4

もんだい 2 MP3 03-01-09

もんだい2では、まず　しつもんを　聞いて　ください。そのあと、もんだいようしを　見て　ください。読む　時間が　あります。それから話を　聞いて、もんだいようしの　1から4の　中から、いちばん　いいものを　一つ　えらんで　ください。

れい

1　かびんの　値段が　高いから

2　むこうの　部屋には　置く　場所が　ないから

3　後で　一緒に　運ぶから

4　かびんは　大きくて、重いから

1ばん MP3 03-01-10

1 会社を　辞めさせられたから

2 電車のお金が　もらえないから

3 休みだから

4 残業が　続いて　いたから

2ばん MP3 03-01-11

1 料理を　持ってくるのが　早いから

2 店員の　サービスが　悪いから

3 席と　席が　近いから

4 店が　うるさいから

3ばん MP3 03-01-12

1　新(あたら)しい　本(ほん)だから

2　別(べつ)の　人(ひと)が　借(か)りて　いたから

3　この　図書館(としょかん)には　ない　本(ほん)だから

4　貸(か)す　ことが　できない　本(ほん)だから

4ばん MP3 03-01-13

1　仕事(しごと)の　やり方(かた)を　勉強(べんきょう)したいから

2　仕事(しごと)での　話(はな)し方(かた)を　練習(れんしゅう)したいから

3　仕事(しごと)の　大変(たいへん)さを　経験(けいけん)したいから

4　その　会社(かいしゃ)で　働(はたら)きたいから

5ばん MP3 03-01-14

1 北口の　きっぷ売場の　となり

2 南口の　きっぷ売場の　となり

3 北口の　店の　となり

4 南口の　店の　となり

6ばん MP3 03-01-15

1 男の人が　店の場所を　間違えて　いたから

2 男の人が　時間を　間違えて　いたから

3 女の人が　店の場所を　間違えて　いたから

4 女の人が　時間を　間違えて　いたから

7ばん MP3 03-01-16

1 東京が　好きだから

2 友だちが　いるから

3 したい　勉強が　できるから

4 古い　文化も　新しい　文化も　あるから

もんだい 3 MP3 03-01-17

もんだい 3 では、えを　見ながら　しつもんを　聞いて　ください。➡（やじるし）の　人は　何と　言いますか。1 から 3 の　中から、いちばん　いい　ものを　一つ　えらんで　ください。

れい

1 ばん MP3 03-01-18

2 ばん MP3 03-01-19

3 ばん MP3 03-01-20

4 ばん MP3 03-01-21

5ばん MP3 03-01-22

もんだい 4 MP3 03-01-23~31

もんだい４では、えなどが　ありません。まず　ぶんを　聞いて　ください。それから、そのへんじを　聞いて、１から３の　中から、いちばん　いい　ものを　一つ　えらんで　ください。

ーメモー

もんだい 1

MP3 03-02-00

もんだい 1 では、まず　しつもんを　聞(き)いて　ください。それから　話(はなし)を　聞(き)いて、もんだいようしの　1 から 4 の　中(なか)から、いちばん　いい　ものを　一(ひと)つ　えらんで　ください。

れい

1　肉(にく)と　野菜(やさい)
2　野菜(やさい)と　牛乳(ぎゅうにゅう)
3　牛乳(ぎゅうにゅう)と　米(こめ)
4　肉(にく)と　米(こめ)

1ばん MP3 03-02-01

1　14000 円（えん）

2　15000 円（えん）

3　16000 円（えん）

4　17000 円（えん）

2ばん MP3 03-02-02

3ばん MP3 03-02-03

1　コピーする

2　会議室(かいぎしつ)に　持(も)っていく

3　課長(かちょう)に　見(み)てもらう

4　メールで　送(おく)る

4ばん MP3 03-02-04

1　日本人(にほんじん)と　話(はな)す機会(きかい)を　作(つく)る

2　日本語(にほんご)で　たくさん　話(はな)す

3　授業(じゅぎょう)を　よく　聞(き)く

4　先生(せんせい)に　たくさん　聞(き)く

5 ばん

MP3 03-02-05

1 レストランの 中(なか)

2 会社(かいしゃ)の 入(い)り口(ぐち)

3 本屋(ほんや)の 前(まえ)

4 本屋(ほんや)の 中(なか)

6 ばん

MP3 03-02-06

1 帽子(ぼうし)

2 飲(の)み物(もの)

3 お弁当(べんとう)

4 お金(かね)

7ばん MP3 03-02-07

8ばん MP3 03-02-08

1 土曜日（どようび）

2 日曜日（にちようび）

3 月曜日（げつようび）

4 火曜日（かようび）

もんだい 2 MP3 03-02-09

もんだい 2 では、まず　しつもんを　聞いて　ください。そのあと、もんだいようしを　見て　ください。読む　時間が　あります。それから話を　聞いて、もんだいようしの　1 から 4 の　中から、いちばん　いいものを　一つ　えらんで　ください。

れい

1　かびんの　値段が　高いから

2　むこうの　部屋には　置く　場所が　ないから

3　後で　一緒に　運ぶから

4　かびんは　大きくて、重いから

1ばん MP3 03-02-10

1 絵(え)

2 ピアノ

3 英語(えいご)

4 歴史(れきし)

2ばん MP3 03-02-11

1 ほかに　買(か)う　ものが　あったから

2 店(みせ)に　行(い)かなかったから

3 ほしい　ものが　なかったから

4 まだ　古(ふる)いのが　使(つか)えるから

3ばん MP3 03-02-12

1 彼女(かのじょ)が　短(みじか)い　髪(かみ)が　好(す)きだから

2 暑(あつ)く　なるから

3 短(みじか)い　方(ほう)が　似合(にあ)って　いるから

4 短(みじか)い　方(ほう)が　かわいいから

4ばん MP3 03-02-13

1 仕事(しごと)が　忙(いそが)しかったから

2 病気(びょうき)だったから

3 忘(わす)れて　いたから

4 朝(あさ)まで　お酒(さけ)を　飲(の)んで　いたから

5ばん MP3 03-02-14

1　きのうと　あした

2　きのうと　あさって

3　きょうと　あした

4　きょうと　あさって

6ばん MP3 03-02-15

1　薬(くすり)の　数(かず)が　減(へ)って　いるから

2　1日(にち)2回(かい)だけ　飲(の)めば　いいから

3　薬(くすり)が　足(た)りないから

4　病気(びょうき)が　良(よ)くなって　いるから

7ばん MP3 03-02-16

1 閉めるのを　忘れたから

2 暑かったから

3 泥棒が　入ったから

4 臭かったから

もんだい 3

MP3 03-02-17

もんだい 3 では、えを　見ながら　しつもんを　聞いて　ください。➡（やじるし）の　人は　何と　言いますか。1 から 3 の　中から、いちばん　いい　ものを　一つ　えらんで　ください。

れい

1ばん MP3 03-02-18

2ばん MP3 03-02-19

3 ばん MP3 03-02-20

4 ばん MP3 03-02-21

5ばん MP3 03-02-22

もんだい４ MP3 03-02-23~31

もんだい４では、えなどが　ありません。まず　ぶんを　聞(き)いて　ください。それから、そのへんじを　聞(き)いて、１から３の　中(なか)から、いちばん　いい　ものを　一(ひと)つ　えらんで　ください。

ーメモー

もんだい１ MP3 03-03-00

もんだい１では、まず　しつもんを　聞いて　ください。それから話を　聞いて、もんだいようしの　１から４の　中から、いちばん　いいものを　一つ　えらんで　ください。

れい

1　肉と　野菜
2　野菜と　牛乳
3　牛乳と　米
4　肉と　米

1ばん MP3 03-03-01

1 電話(でんわ)を　かける

2 先生(せんせい)の　部屋(へや)へ　行(い)く

3 郵便局(ゆうびんきょく)へ　行(い)く

4 図書館(としょかん)へ　行(い)く

2ばん MP3 03-03-02

3ばん MP3 03-03-03

1　本(ほん)を　返(かえ)す

2　家(いえ)に　戻(もど)る

3　本(ほん)を　借(か)りる

4　本(ほん)を　予約(よやく)する

4ばん MP3 03-03-04

1　コーヒー

2　アイスクリーム

3　ケーキと　コーヒー

4　ケーキと　紅茶(こうちゃ)

5 ばん MP3 03-03-05

1 Tシャツと　ジーンズ

2 着物（きもの）

3 黒（くろ）の　スーツ

4 白（しろ）の　スーツ

6 ばん MP3 03-03-06

1 緑（みどり）と　青（あお）と　赤（あか）の　ボタン

2 緑（みどり）と　青（あお）と　黄色（きいろ）の　ボタン

3 青（あお）と　白（しろ）と　赤（あか）の　ボタン

4 青（あお）と　赤（あか）と　黄色（きいろ）の　ボタン

7ばん MP3 03-03-07

1 もう一度(いちど) ぜんぶ コピーする

2 1ページだけ、もう一度(いちど) コピーする

3 椅子(いす)を 会議室(かいぎしつ)から 出(だ)す

4 椅子(いす)を 並(なら)べる

8ばん MP3 03-03-08

1

2

3

4
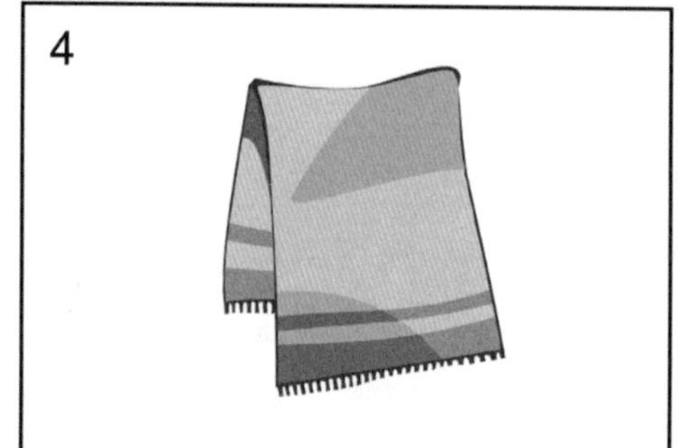

もんだい 2 MP3 03-03-09

もんだい2では、まず　しつもんを　聞いて　ください。そのあと、もんだいようしを　見て　ください。読む　時間が　あります。それから話を　聞いて、もんだいようしの　1から4の　中から、いちばん　いいものを　一つ　えらんで　ください。

れい

1　かびんの　値段が　高いから

2　むこうの　部屋には　置く　場所が　ないから

3　後で　一緒に　運ぶから

4　かびんは　大きくて、重いから

1ばん MP3 03-03-10

1　女(おんな)の人(ひと)は　体(からだ)の　調子(ちょうし)が　悪(わる)いから

2　犬(いぬ)が　あまり　食(た)べないから

3　犬(いぬ)の　お腹(なか)の　調子(ちょうし)が　悪(わる)いから

4　お金(かね)を　払(はら)わなくては　ならないから

2ばん MP3 03-03-11

1　4時(じ)

2　4時半(じはん)

3　5時(じ)

4　5時半(じはん)

3 ばん MP3 03-03-12

1 大きすぎるから

2 重すぎるから

3 小さすぎるから

4 軽すぎるから

4 ばん MP3 03-03-13

1 道を　まちがえたから

2 車で　来たから

3 自転車で　来たから

4 仕事が　なかなか　終わらなかったから

5 ばん MP3 03-03-14

1 テストが　あまり　できなかったから

2 病気(びょうき)だから

3 先生(せんせい)に　怒(おこ)られたから

4 家族(かぞく)に　叱(しか)られたから

6 ばん MP3 03-03-15

1 週(しゅう)に　1回(かい)

2 週(しゅう)に　2回(かい)

3 週(しゅう)に　3回(かい)

4 毎日(まいにち)

7ばん MP3 03-03-16

1　カゼを　ひいて　いるから

2　男の人が　カゼを　ひいて　いるから

3　仕事中は　マスクを　しなければ　ならないから

4　お化粧を　して　いないから

もんだい 3 MP3 03-03-17

もんだい 3 では、えを 見(み)ながら しつもんを 聞(き)いて ください。➡（やじるし）の 人(ひと)は 何(なん)と 言(い)いますか。1 から 3 の 中(なか)から、いちばん いい ものを 一(ひと)つ えらんで ください。

れい

1ばん MP3 03-03-18

2ばん MP3 03-03-19

3ばん MP3 03-03-20

4ばん MP3 03-03-21

5 ばん MP3 03-03-22

もんだい 4

MP3 03-03-23~31

もんだい 4 では、えなどが　ありません。まず　ぶんを　聞(き)いて　ください。それから、そのへんじを　聞(き)いて、1 から 3 の　中(なか)から、いちばん　いい　ものを　一(ひと)つ　えらんで　ください。

ーメモー

模擬試題第 1 回　スクリプト詳解

	1	2	3	4	5	6	7	8
問題 1	1	3	4	1	2	4	2	1

	1	2	3	4	5	6	7
問題 2	1	1	2	2	4	3	3

	1	2	3	4	5
問題 3	1	2	1	2	3

	1	2	3	4	5	6	7	8
問題 4	2	1	2	3	2	2	3	1

問題 1

（M：男性　F：女性）

1 番　MP3 03-01-01

電話で女の人と男の人が話しています。男の人はこのあと何をしますか。

M：もしもし、田中です。すみません、明日の晩の食事会の場所なんですが、まだ決まってなくて。

F：そうですか。こちらこそ、急にお願いして、すみません。

M：いえ、いえ。決まったら、すぐお電話します。

F：これから会議なんで、メールでお願いできますか。もし、よかったら、会議のあと、私も探してみましょうか。

M：助かります。

女人與男人正在講電話。男人在談話後要做什麼呢？

M：喂，我是田中。很抱歉，關於明晚聚餐的地點我還沒找好耶。

F：這樣啊。突然麻煩你找，我這邊更是覺得抱歉。

M：不會、不會。地點決定好我會馬上打給妳。

F：我接下來有個會議，所以可以麻煩你用電子郵件通知我嗎？你若同意的話，會議後我也來找找看。

M：那真是太好了。

男の人はこのあと何をしますか。	男人在談話後要做什麼呢？
1. 店をさがす	1. 尋找聚餐的店
2. 店をよやくする	2. 預約聚餐的店
3. 女の人に電話する	3. 打電話給女人
4. 女の人にメールする	4. 發電子郵件給女人

正解：1

重點解說

「まだ決まっていない」（仍未決定）也就是「必須找」這個意思。

2番 MP3 03-01-02

駅で男の人と女の人が話しています。女の人はこのあと何をしますか。	在車站男人與女人正在對談。女人在談話後要做什麼呢？
M：やっと駅に着いたね。ここからホテルまでは歩いて10分くらいだって。	M：終於到站了。聽說從車站開始走到飯店好像要10分鐘左右。
F：でも、部屋には3時からしか入れないよ。あと2時間くらいあるね。	F：不過，3點開始才可以辦理入房喔。還有2小時左右呢。
M：じゃ、喫茶店に行かない？歩きすぎて疲れたよ。	M：那這樣，我們去找間咖啡店坐坐吧。走太多路了有些累了。
F：さっき昼ごはん食べたところじゃない。私は駅前のデパートへ行きたいんだけど。先に荷物をホテルに持っていってくれない？	F：剛剛我們才吃過午餐耶。我想去車站前的百貨公司逛逛，你可以先把我們的行李拿去飯店嗎？
M：いいけど、デパートなら僕も行きたいから、ホテルに荷物を預けたら、デパートで会おうよ。	M：好啊。不過逛百貨公司的話我也想去耶。我把行李寄放到飯店後，我們約在百貨公司見吧。
F：うん、わかった。ありがとう。じゃ、お先に。	F：好，我知道了。謝謝。那麼，我先過去囉。

女の人はこのあと何をしますか。	女人在談話後要做什麼呢？
1. ホテルに行く	1. 去飯店
2. お茶を飲む	2. 喝茶
3. 買い物する	3. 購物
4. 食事をする	4. 吃飯

正解：3

重點解說

由於「ホテルに荷物を預けたら、デパートで会おうよ」（我把行李寄放到飯店後，我們約在百貨公司見吧）可知男人是自己一個人把行李拿去飯店寄放的。

3番 MP3 03-01-03

店で女の人と男の人が話しています。女の人は何を買うことにしましたか。	在店裡男人與女人正在對話。女人決定要買什麼呢？
M：1人で生活をはじめるなら、テレビ、冷蔵庫、洗濯機くらいは必要じゃない？	M：若開始一個人過日子的話，電視、冰箱、洗衣機等都算必備的吧？
F：一度に全部買うつもりはなくて、洗濯は外の店で、まずはしてみるつもり。	F：我是沒打算一次全買齊。我打算先試試在外面的店裡解決洗衣服的問題。
M：でも、食事は毎日外でしてたら、お金かかるよ。	M：不過，每天餐餐都外食的話，很花錢喔。
F：そうだね。冷蔵庫はあったほうがいいかな。でも、高いね。	F：是呀。還是有冰箱比較好吧。不過好貴喔。
M：あっ、この冷蔵庫安くなっているよ。	M：啊，這台冰箱正在降價耶。
F：うーん、でも、小さいな。	F：喔。不過，這是小台的啊。
M：一人だから十分じゃない？	M：因為是一個人過日子所以這樣算夠用吧。
F：じゃ、これにしようかな。それから、扇風機も。テレビはパソコンがあるから、ちょっと考えるよ。	F：那麼，就買這台吧。然後，電風扇也要買。電視則有電腦可以充當使用，所以我再想想吧。

女の人は何を買うことにしましたか。

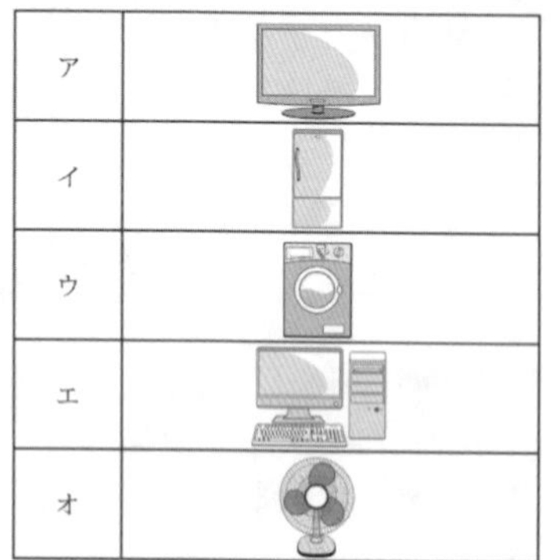

女人決定要買什麼呢？

4. イ　オ

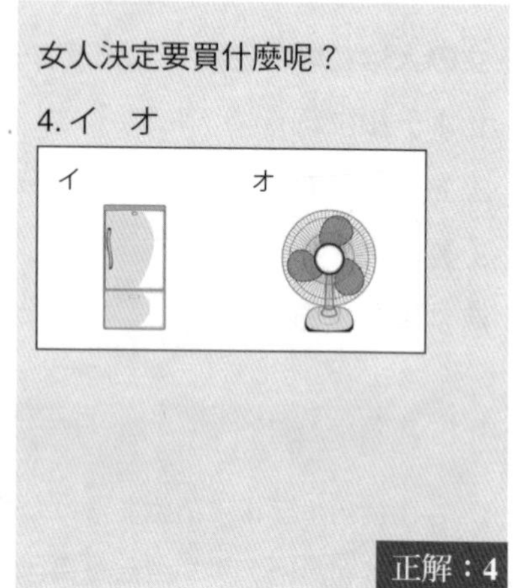

正解：4

4番 MP3 03-01-04

男の人と女の人が相談しています。2人はどこへ行きますか。

M：今度の日曜日、映画でも行く？

F：そうね。でも、今何も面白いのないし。

M：山はどう？

F：山かー。なんだか疲れそうねえ。

M：じゃ、海は？まだ今年一度も行ってないよ。

F：えー、暑いからちょっと。ねえ、買い物は？

M：うーん。でも、何も買ってあげないよ。

F：わかってるわよ。

2人はどこへ行きますか。

1. デパート
2. 映画
3. 山
4. 海

男人與女人正在討論。兩人要去哪裡呢？

M：這星期天要不要去看電影？

F：好啊。不過現在又沒有好看的電影。

M：那去爬山呢？

F：爬山啊，感覺好像會很累的樣子耶。

M：那，去海邊呢？今年一次都還沒有去過喔！

F：呃，很熱我不想去。對啦，那去逛街購物呢？

M：可以啊。不過我不買東西給妳喔。

F：知道啦！

兩人要去哪裡呢？

1. 百貨公司
2. 看電影
3. 爬山
4. 海邊

正解：1

重點解說

女人分別舉出了不想去的理由。選項 2 的電影是「現在沒有好看的電影」，選項 3 的爬山是「好像會很累」，選項 4 的海邊是「很熱不想去」，「ちょっと」有否定的意思。用刪去法把不適合的答案一個個刪掉，最後留下的就是答案。

☞ **關鍵字**

ちょっと（稍微、一點）、なんだか（總覺得）

5番 MP3 03-01-05

男の人が女の人に聞いています。女の人はいつ旅行から帰ってきますか。

M： そうそう、確か旅行に行くんだよね。

F ： そうなの。やっと休み取れたから。

M： いつから？

F ： 今週の金曜日からよ。

M： じゃ、金曜日のコンサート、一緒に行けないね。

F ： あっ、すっかり忘れてた。ごめーん。楽しんできて。

M： まーいいけど。で、旅行はどのくらいの予定？

F ： 6日間。

M： お土産、期待しているよ。

女の人はいつ旅行から帰ってきますか。

1. 火曜日
2. 水曜日
3. 木曜日
4. 金曜日

男人正在問女人問題。女人旅行回來的日子是哪一天呢？

M： 對了對了，妳要去旅行吧？

F ： 是啊，好不容易請到假了。

M： 什麼時候去？

F ： 這個星期五去喔！

M： 這樣，妳就沒辦法和我一起去星期五的演唱會了吧？

F ： 啊！我都忘了！對不起啦！祝你看得愉快。

M： 算了沒關係。那，妳要去玩幾天？

F ： 6天。

M： 我期待妳帶伴手禮回來喔！

女人旅行回來的日子是哪一天呢？

1. 星期二
2. 星期三
3. 星期四
4. 星期五

正解：2

重點解說

這一題必須一邊聽對話一邊計算日期。旅行是這個星期五出發，預計會去六天，所以回來的日子是下星期三。

☞ **關鍵字**

やっと（好不容易）、「～きて＝～きてください」（請）、「で＝それで」（那、那麼）

【星期的說法】月曜日（星期一）、火曜日（星期二）、水曜日（星期三）、木曜日（星期四）、金曜日（星期五）、土曜日（星期六）、日曜日（星期日）

6番 MP3 03-01-06

レストランで店長が男の学生に話しています。学生はこのあと何をしなければなりませんか。	在餐廳裡店長正在對男學生說話。學生在談話後必須做什麼呢？
F：小川君、お皿洗ってるところをごめんね。料理がもうすぐできるから、先に運んでくれるかな。	F：小川，你正在洗盤子卻打擾你抱歉。馬上可以上菜了，你可以先幫我端出去嗎？
M：はい。	M：好的。
F：それから、クッキーがきょうはいっぱい売れたから、お皿洗いが終わったら、新しいのを並べておいてね。テーブルはきれいに拭いてあるよね。	F：然後，今天餅乾賣得很好，所以盤子洗完後，把新的餅乾補上去排列整齊喔。桌子已經擦乾淨了吧？
M：あっ、お皿を下げたあと洗ってたから、テーブルはそのままにしてました。	M：啊，剛才我把盤子收走後就一直在洗，所以桌子就一直沒收拾。
F：じゃ、それを先にやってね。	F：那這樣先去收拾桌子吧。
M：すみません。テーブルをきれいにして、すぐ料理をお出しします。	M：抱歉。我把桌子收乾淨後馬上幫忙端料理上桌。
F：お願いね。	F：麻煩你囉。

学生はこのあと何をしなければなりませんか。

1. お皿を洗う
2. 料理を運ぶ
3. クッキーを並べる
4. テーブルをふく

學生在談話後必須做什麼呢？

1. 洗盤子
2. 端料理
3. 排列餅乾
4. 擦桌子

正解：4

重點解說

從「お皿を下げたあと洗ってたから、テーブルはそのままにしてました」（收走後沒擦拭一直維持原狀的意思）與「テーブルをきれいにして、すぐ料理をお出しします」（表示順序）等敘述，可以知道首先要做的是擦桌子這件事。

7番 MP3 03-01-07

男の人と女の人が話しています。明日の午後の天気はどうですか。

F：明日のキャンプ、楽しみね。

M：うん。あ、でも、天気、明日から悪くなるみたいだよ。

F：えー、雨になるの？

M：曇りのち雨で、午後から雨だって。ずっとあさっての朝まで続いて、風も強いみたいだよ。明日のキャンプ、無理かも？

F：そんなー。今日は、こんなにいい天気なのに。

明日の午後の天気はどうですか。

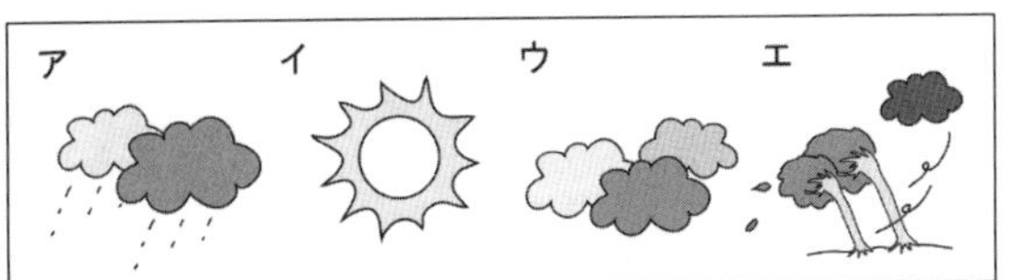

男人與女人正在說話。明天下午的天氣如何呢？

F：我好期待明天的露營啊！

M：對啊！啊，不過明天天氣好像會變差的樣子喔！

F：咦？會下雨嗎？

M：聽說是多雲轉雨，午後會開始下雨。雨會一直下到後天早上，風也很強的樣子。明天的露營，搞不好沒辦法舉行了。

F：怎麼會這樣……明明今天的天氣這麼好呀。

明天下午的天氣如何呢？

2. ア　エ

正解：2

重點解說

這個題目是「蒐集情報」的類型，必須在許多相似的情報中，聽出必要的情報。注意別被不必要的情報弄混了。

☞ **關鍵字**

キャンプ（露營）、仕方（が）ない（沒辦法）

8番 MP3 03-01-08

お母さんと息子が話しています。今何時ですか。

F：あら、どうしたの？早いわね。起きるのいつも7時なのに。

M：うん、きょうは朝、サッカーの練習があるんだよ。

F：きょうは火曜日よ。練習はあしたじゃなかった？

M：今週から変わったんだ。7時半までに行かなきゃ。

F：じゃ、朝ご飯食べる時間あるでしょ。

M：うん、あと20分くらいかな。7時10分前に出れば間に合うから。

今何時ですか。

母親與兒子正在說話。現在是幾點？

F：哎呀，你是怎麼了？今天起得真早。明明都是7點才起床的呀。

M：嗯，因為今天早上有足球的練習。

F：今天是禮拜二喔。練習日不是明天嗎？

M：這週開始有調整了。7點半之前必須要到。

F：那這樣還有時間吃早飯吧。

M：嗯，還有20分左右吧。7點前10分鐘出門的話就趕得及。

現在是幾點？

正解：1

重點解說

「7時10分前」是「6點50分」的意思。附帶一提，「7時10分過ぎ」是「7點10分」。

問題 2

1番 MP3 03-01-10

女の人が話しています。どうして明日会社へ行かなくてもいいですか。

F：最近は働きたくても仕事がなかったり、やっと見つけた仕事は毎日残業が続いたり、バスや電車のお金も出してもらえなかったり、お給料も安くて、休みもなかなか取れないということもあります。特に女性の多くがアルバイトなどの仕事をしています。また、結婚したり、子供がいる女の人は、急に「明日からこなくていい」などと言われることもあるのです。私も昨日会社からそう言われました。これからどうしたらいいのでしょうか。

女人正在說話。為什麼明天不用去公司呢？

F：最近因為經濟不景氣，想工作卻找不到工作，好不容易找到工作卻又要每天加班，連交通費都不支付，也有那種薪水少又難請假的例子。特別是大多數女性會從事兼職之類的工作。此外，已婚有小孩的女性，也有突然被告知「明天開始不用來上班」的例子。昨天公司也如此告知我了，今後我該怎麼辦才好呢？

どうして明日会社へ行かなくてもいいですか。

1. 会社を辞めさせられたから
2. 電車のお金がもらえないから
3. 休みだから
4. 残業が続いていたから

為什麼明天不用去公司呢？

1. 因為被公司開除了
2. 因為領不到交通費
3. 因為是休假
4. 因為一直在加班

正解：1

重點解說

被公司告知「来なくていい」（不用來了），意思就是被指示要離開公司，所以會用使役被動形的「会社を辞めさせられた」來表現。

2番 MP3 03-01-11

男の人と女の人が話しています。女の人はどうしてこの店はよくないと思っているのですか。

M：おいしいね、この店。

F：うん、テレビでも紹介されてたよね。でも、どんどん料理が来るね。早すぎ。

M：うーん、それより、隣の席が近すぎるほうが僕は気になるよ。隣の人のおしゃべりがぜんぶ聞こえる。まあ、店員さんのサービスは悪くないけど。

F：そうねえ。でも、ゆっくり食べられないのはやっぱり嫌だな。食べたら、早く帰ってくれって言われてるみたい。それ以外は人気の店だし、席が近いのも気にならないけど。

女の人はどうしてこの店はよくないと思っているのですか。

1. 料理を持ってくるのが早いから
2. 店員のサービスが悪いから
3. 席と席が近いから
4. 店がうるさいから

男人與女人正在說話。女人為何認為這間店不好？

M：這間店的料理真好吃。

F：嗯，之前電視上也有介紹過這家。不過，做好的料理不斷地送上桌，太快了些。

M：是喔。比起這個，我更在意的是隔壁桌離我們太近了。他們說的話我們這桌全都聽得到。算了，店員的服務算不差就好。

F：是啊。不過，我還是覺得沒辦法慢慢地享受美食是很討厭的事。店家的行為好像是在跟我們說吃完後就給我快點走的樣子。除了這點以外就還好，既是當紅的名店，跟別桌距離太近這事我也沒那麼在乎。

女人為何認為這間店不好？

1. 因為上菜的速度太快
2. 因為店員的服務不佳
3. 因為跟隔壁桌的距離太近
4. 因為店裡太吵了

正解：1

重點解說

從「どんどん料理が来る」「ゆっくり食べられないのは嫌だ」「早く帰ってくれって言われてるみたい」等敘述就可知道答案。

3番 MP3 03-01-12

図書館の人と男の人が話しています。男の人はきょうどうして本が借りられなかったのですか。

M：あのう、この『日本の社会と文化』という本を借りたいんですが。

F：少々お待ちください。先週入った本ですね。その本はほかの人が借りています。

M：困ったな。

F：桜ヶ丘図書館にもありますが。今、予約を入れましょうか。

M：桜ヶ丘まではちょっと遠いな。

F：本が戻ってきたら、お電話で連絡しましょうか。

M：じゃ、お願いします。

男の人はきょうどうして本が借りられなかったのですか。

1. 新しい本だから
2. 別の人が借りていたから
3. この図書館にはない本だから
4. 貸すことができない本だから

圖書館的人正在與男人說話。男人為什麼今天沒辦法借書？

M：麻煩一下，我想借『日本的社會與文化』這本書。

F：請稍等一下。是上週才到的新書吧。那本書現在正有人借喔。

M：傷腦筋呀。

F：櫻之丘圖書館也有這本，現在我先幫您預約這本吧。

M：櫻之丘圖書館離這裡有點遠耶。

F：不然這本書還回來後，我再用電話聯絡您吧。

M：那麻煩您囉。

男人為什麼今天沒辦法借書？

1. 因為是新書
2. 因為別人借走了
3. 因為圖書館沒有這本書
4. 因為是不能外借的書

正解：2

4番 MP3 03-01-13

男の学生が話しています。男の学生がこの授業に参加したい1番の理由は何ですか。

M：私の学校には、卒業の前に会社で働きながら勉強する授業があります。私もその授業を選ぶつもりです。学校で勉強した敬語や丁寧な話し方を会社で使ってみたいからです。それが1番の

男學生正在說話。男學生想上這門課最主要的理由是什麼？

M：在我學校，有一門課是可以在畢業前一邊在公司工作一邊學習。我也打算選那樣的課，因為想試看看把在學校

理由です。まだ、どんな仕事をするか決めていませんが、きっと仕事の大変さもわかると思います。簡単な仕事しかやらせてもらえないと思いますが、会社の役に立つようにがんばります。

學到的敬語和有禮貌的說話方式運用在公司裡，這是我選這門課最主要的理由。雖然我還沒決定要選哪種工作，但我想我一定能體悟到工作的艱辛。我只求不要讓我做簡單的工作就好，我會努力為公司貢獻一己之力的。

男の学生がこの授業に参加したい 1 番の理由は何ですか。

1. 仕事のやり方を勉強したいから
2. 仕事での話し方を練習したいから
3. 仕事の大変さを経験したいから
4. その会社で働きたいから

男學生想上這門課最主要的理由是什麼？

1. 因為想學習工作的方法
2. 因為想用工作練習說話的方法
3. 因為想體驗工作的艱辛
4. 因為想在那間公司裡工作

正解：2

5番 MP3 03-01-14

駅で女の人と男の人が話しています。地図はどこでもらえますか。

F：ええっと、確か切符売り場の近くに旅行案内センターがあるはずなんだ。おすすめのお店を教えてもらえたり、わかりやすい地図もあるって聞いたんだけどなあ。

M：ああ、それなら、北口じゃないよ。反対の出口、南口の近くだよ。その柱のところに書いてあるよ。

車站裡女人與男人正在說話。在哪裡可以取得地圖呢？

F：呃，售票處附近應該會有旅客服務中心才對。我聽說那裡可以請教一些推薦的好店，也可拿到明顯易懂的旅遊地圖。

M：啊，那樣的話，不是在北口喔。是相反的出口，南口的附近喔。那根柱子上有寫著喔。

F：えっ？南口にも切符売り場があるの？
M：うん。この駅の地図によると、切符売り場じゃなくて、新聞とか飲みものを売ってる小さい店があるから、その右だね。

F：なるほど。じゃ、行ってみよう。切符売り場の近くだと思ったんだけどな。

地図はどこでもらえますか。

1. 北口のきっぷ売場のとなり
2. 南口のきっぷ売場のとなり
3. 北口の店のとなり
4. 南口の店のとなり

F：咦？南口也有售票處嗎？
M：嗯。從車站平面圖看來，那應該不是售票處，而是一間賣報紙或飲料的小販賣店。旅客服務中心就在那間店的右邊那裡喔。
F：原來如此。那我們去找看看。我原本以為在售票處附近呢！

在哪裡可以取得地圖呢？

1. 北口售票處的隔壁
2. 南口售票處的隔壁
3. 北口販賣店的隔壁
4. 南口販賣店的隔壁

正解：4

6番 MP3 03-01-15

男の人と女の人が話しています。女の人はどうして店に入れなかったのですか。
M：山本さん、お待たせ。中に入って待ってたらよかったのに。

F：だって、この店まだ開いてないじゃない。10時って言ってたけど、ここ 11 時からだよ。

M：ここじゃないよ。向かいのあの店。
F：えっ？あっちなの？
M：それで、外で待ってたんだ。早く入ろう。僕、店の名前言わなかった？

男人與女人正在說話。女人為什麼無法進入店裡面？
M：山本小姐，讓妳久等了。其實妳先進去等我就可以了啊。
F：可是店還沒開呀。說是 10 點，可是這裡是 11 點才開始營業呀。
M：不是這間喔，是對面的店。
F：咦？是那一邊的？
M：所以妳才在外面等呀。我們快進去吧。我沒跟妳說店名嗎？

F：ちゃんと聞いてなかったから。

女の人はどうして店に入れなかったのですか。

1. 男の人が店の場所を間違えていたから
2. 男の人が時間を間違えていたから
3. 女の人が店の場所を間違えていたから
4. 女の人が時間を間違えていたから

F：其實是因為我沒有好好聽清楚店的名字啦。

女人為什麼無法進入店裡面？

1. 因為男人搞錯該店的位置
2. 因為男人搞錯時間
3. 因為女人搞錯該店的位置
4. 因為女人搞錯時間

正解：3

7番 MP3 03-01-16

学校で女の人と男の人が話しています。女の人はどうして東京の大学に留学しますか。

M：陳さん、東京の大学に留学するんだって？京都じゃなかったんだ。

F：うん、京都が好きだから、本当は京都に行きたかったんだけどね。東京にしかしたい勉強ができる大学がなかったの。

M：そっか、じゃ、しょうがないね。

F：京都には友だちもいるし、安心なんだけどね。

M：東京は日本の中心で便利だから、すぐ慣れるよ。

F：そうだね。東京にも古い文化があるし、たぶん気に入ると思うわ。

女の人はどうして東京の大学に留学しますか。

1. 東京が好きだから
2. 友だちがいるから
3. したい勉強ができるから
4. 古い文化も新しい文化もあるから

學校裡女人與男人正在說話。女人為什麼要去東京的大學留學呢？

M：陳小姐，聽說妳要去東京的大學留學，不是京都嗎？

F：嗯，因為喜歡京都，其實真心想去的是京都呀。可是我想學的東西就只有東京的大學有在教呀。

M：這樣啊，那就沒辦法囉。

F：我在京都有朋友，其實是令我比較安心的說。

M：東京是日本的中心，很方便，妳馬上可以習慣的喔。

F：是啊。東京也有古老的文化，我想我可能也會喜歡吧。

女人為什麼要去東京的大學留學呢？

1. 因為喜歡東京
2. 因為有朋友在
3. 因為可以學到想學的
4. 因為既有古老文化也有新文化

正解：3

問題 3

1番 MP3 03-01-18

F：友達がお見舞いに来てくれました。何と言いますか。
M：1. お見舞いに来てくれてありがとう。
2. どうぞお大事に。
3. 無理しないでね。

F：朋友來探病。說什麼好呢？
M：1. 謝謝你來看我。
2. 請多保重。
3. 請不要逞強。

正解：1

2番 MP3 03-01-19

F：会社で説明しています。みんなにグラフを見てほしいです。何と言いますか。
M：1. こちらのグラフを見せてもらってもいいですか。
2. こちらのグラフをご覧ください。
3. では、みなさんのグラフを拝見します。

F：正在公司裡說明某事。希望大家看某個圖表時說什麼好呢？
M：1. 可以請你出示這個圖表讓我看看嗎？
2. 請看這個圖表。
3. 那麼，我來看看各位的圖表。

正解：2

3番 MP3 03-01-20

M：友だちといっしょにテニスがしたいです。何と言いますか。
F：1. いっしょにテニスしない？
2. テニスを見に行くんだけど、いっしょにどう？
3. テニスをしてもいい？

M：想跟朋友一起打網球。說什麼好呢？
F：1. 要不要一起打網球呢？
2. 我要去看網球。一起去如何呀？
3. 我可以打網球嗎？

正解：1

重點解說

想一起打網球，換句話說是想邀約對方，所以答案應該是使用「Vないﾞ？」的文型。

4番 MP3 03-01-21

F：友だちが元気がありません。何と言いますか。

M：1. どうするの？

2. どうしたの？

3. どうしてる？

F：朋友無精打采的。說什麼好呢？

M：1. 你打算怎麼辦？

2. 你怎麼了？

3. 你過得如何呀？

正解：2

5番 MP3 03-01-22

M：電車で隣に座っていた人が傘を忘れています。何と言いますか。

F：1. すみません。それは、わたしの傘です。

2. 傘、持っていったほうがいいと思いますよ。

3. あのう、傘、忘れてますよ。

M：在電車上坐在隔壁的人把傘給忘了。說什麼好呢？

F：1. 抱歉，那是我的傘。

2. 我想你帶著傘比較好喔。

3. 那個，你忘了傘喔。

正解：3

重點解說

選項2的「持っていったほうがいい」（帶著比較好）是看到要下雨的樣子，而建議對方帶著去時的說法。

問題 4

1 番 MP3 03-01-24

F：きのうのドラマ見たかったなあ。

M：1. 見た、見た。おもしろかったね。

2. 見られなかったの？夕べは残業だったの？

3. そりゃ、見なきゃだめだよ。

F：好想看昨天的連續劇喔。

M：1. 我看了、我看了！很好看喔。

2. 妳沒能看嗎？昨晚有加班嗎？

3. 那這樣一定得看囉。

正解：2

2 番 MP3 03-01-25

M：しまった！宿題やってない。先生に何て言おう。

F：1. えっ？どうしたの？宿題するの忘れたの？

2. 先生に聞いてみたらいいんじゃない？

3. 宿題してしまったの？私まだやってないよ。

M：糟了！我沒寫作業。該怎麼跟老師說啊！

F：1. 咦？怎麼了嗎？忘了寫作業嗎？

2. 問老師一下不就好了？

3. 你作業寫完了嗎？我都還沒寫耶。

正解：1

3 番 MP3 03-01-26

F：社長がお見えになりました。会議室にご案内してください。

M：1. 社長もご覧になったんですね。

2. 社長がいらっしゃったんですね。

3. では、私も拝見いたします。

F：社長已蒞臨，請引導他移駕到會議室。

M：1. 社長也過目了。

2. 社長蒞臨了是吧！

3. 那麼，我也拜讀一下。

正解：2

4番 MP3 03-01-27

M：きょうは何の日ですか。
F：1. 6日です。
2. 5日目です。
3. 母の日です。

M：今天是什麼日子呢？
F：1. 6號。
2. 第5天。
3. 母親節。

正解：3

5番 MP3 03-01-28

F：よかったら、電話番号を教えてください。
M：1. いいかどうか、電話で聞いてみます。
2. ごめんなさい。ちょっと……。
3. 電話番号なら104番にかけてください。

F：若您方便的話，請告訴我您的電話號碼。
M：1. 我要打電話問看看可不可以。
2. 抱歉。不大方便……
3. 要查電話號碼的話請打104。

正解：2

6番 MP3 03-01-29

F：この辞書、元の所に戻しておきましょうか。
M：1. はい、戻しておきました。
2. お願いします。あの棚の一番上です。
3. ええ、どうぞ。使ってください。

F：我把這本字典放回原來的地方吧。
M：1. 是的。我放回去了。
2. 麻煩妳了。位置是那個書櫃的最上層。
3. 好的，請用。

正解：2

7番 MP3 03-01-30

F：来週の試験のことで聞きたいことがあるんだけど。
M：1. どんな試験を受けたの？
2. 来週試験があるって聞いたよ。
3. いいよ。どんなこと？試験の時間？

F：我想問些關於下週考試的事。
M：1. 你參加了什麼考試？
2. 我聽說下週有考試喔。
3. 好喔。什麼事呢？考試的時間嗎？

正解：3

8番 MP3 03-01-31

M：この地図（ちず）って、もらってもいいんでしょうか。

F：1. ええ、かまいませんよ。どうぞお持（も）ちください。

2. わかりやすい地図（ちず）ですね。では、いただきます。

3. 地図（ちず）、もらえてよかったね。

M：我可以拿這份地圖吧？

F：1. 好的，可以喔。請拿。

2. 真是個清楚易懂的好地圖呢。我收下囉。

3. 可以拿地圖真是太好了。

正解：1

模擬試題第 2 回　スクリプト詳解

	1	2	3	4	5	6	7	8
問題 1	1	4	1	2	4	2	3	3
問題 2	2	1	2	4	1	3	4	
問題 3	2	3	3	1	2			
問題 4	3	1	3	1	2	1	3	1

（M：男性　F：女性）

問題 1

1 番 MP3 03-02-01

女の人が男の人に聞いています。女の人は全部でいくら払いますか。

F：すみません。水泳教室、申し込みたいんですが。

M：はい。どうぞ。

F：男の子 1 人と女の子 1 人の 2 人なんですけど、たしか 2 人一緒に申し込むと、2000 円ずつ安くなるんですよね。

M：そうですよ。それから、学生割引もありますから、さらに 1000 円ずつ安くなりますよ。

F：じゃ、1 ヶ月 2 人で 2 万円だから……。

女人正在問男人問題。女人總共要付多少錢呢？

F：不好意思，我想報名游泳課程。

M：好的，歡迎。

F：是一個男孩子和一個女孩子兩個人要上課，好像是兩個人一起申請的話，會各便宜 2000 日圓對吧？

M：對，而且現在也有學生優惠，所以會再各便宜 1000 日圓喔！

F：那，一個月兩個人總共是兩萬日圓，所以……

女の人は全部でいくら払いますか。

1. 14000円
2. 15000円
3. 16000円
4. 17000円

女人總共要付多少錢呢？

1. 14000日圓
2. 15000日圓
3. 16000日圓
4. 17000日圓

正解：1

2番 MP3 03-02-02

男の人と女の人が写真を見ています。昔の男の人はどれですか。

F：この写真、20年前の写真？どれなのか全然分からないよ。

M：ずいぶん変わったって、よく言われるよ。

F：もしかして、このひげの？

M：それは僕の友達のお兄さんだよ。

F：じゃあ、これ？でも、目、悪かったの？

M：ううん。

F：えー、全然、わかんない。じゃ、これ？

M：そう。ここ2、3年は毎日運動したり、食事に注意したりして、気をつけるようになったんだ。

昔の男の人はどれですか。

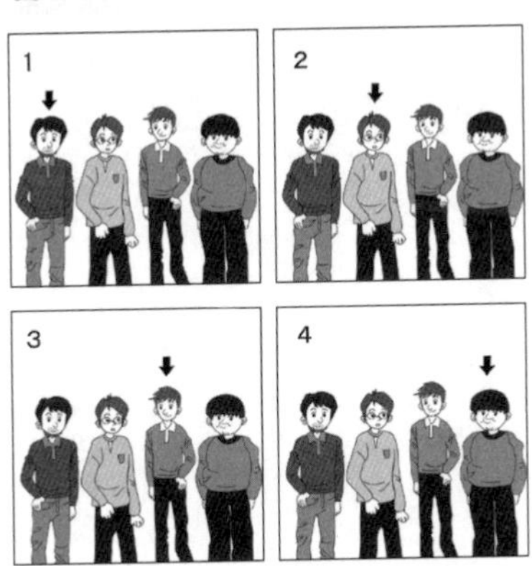

男人與女人正在看照片。男人是以前照片中哪一位？

F：這張照片是20年前的照片嗎？我完全看不出來你是哪一個耶！

M：因為大家都說我變了很多啊！

F：難不成是這個留鬍子的嗎？

M：那個是我朋友的哥哥啦。

F：那是這個？不過你以前有近視嗎？

M：沒有。

F：咦，完全不知道耶。不然是這個？

M：對。這2、3年我開始每天運動、注意飲食。

男人是以前照片中哪一位？

正解：4

3番 MP3 03-02-03

会社で男の人と女の人が話しています。女の人はこのあと何をしますか。

F：斎藤さん、会議の資料は、どうしたらいいかな。

M：コピーして、会議室に持っていってもらえる？

F：わかった。

M：課長には見せた？もし、まだだったら、先に見せて、問題がなかったら、コピーしてくれるかな。

F：それはさっき見てもらったよ。でも、コピーするのは紙の無駄だと思わない？

M：そうなんだよね。たしか、来月から、会議の資料はメールで送ることになるらしいよ。

F：それはいいことだね。

女の人はこのあと何をしますか。

1. コピーする
2. 会議室に持っていく
3. 課長に見てもらう
4. メールで送る

公司裡男人與女人正在說話。女人在談話後要做什麼呢？

F：齋藤先生，會議用的資料要怎麼做呢？

M：妳可以幫我影印後拿去會議室嗎？

F：沒問題。

M：讓課長過目了嗎？要是還沒的話，先給他看過，沒問題的話，再幫我拿去影印吧。

F：剛才就讓他看過囉。不過，你不覺得印出來是浪費紙張嗎？

M：我也這麼覺得。下個月開始好像會改成用電子郵件傳送會議資料呢。

F：真是個不錯的新作法。

女人在談話後要做什麼呢？

1. 影印
2. 拿去會議室
3. 讓課長過目
4. 用電子郵件送出

正解：1

4番 MP3 03-02-04

女の人が話しています。上手に話せるようになりたい人は、授業中どうしたらいいと言っていますか。

F：日本語が上手に話せるようになるためには、たくさん練習するしかありません。今日は何回日本語で話しましたか。大切なのは回数です。ここは日本ではありませんから、日本人と話す機会は先生とがほとんどで、他にはあまりないでしょう。授業を聞くだけでは言葉の勉強にはいい事ではありません。授業中に先生と、話す練習ができるように、習ったことを使って、先生にたくさん聞いてもらいましょう。

女人正在說話。她說，想要流暢地說日文的人，在上課時應該怎麼做好呢？

F：為了可以流暢地說日文，唯一的方法就是多做練習。你今天講過幾次日文了呢？重要的是次數。因為這裡不是日本，除了跟老師之外，大概也沒有機會和日本人說話了吧！上課光聽對語言的學習是沒有幫助的。為了能在上課時和老師進行日文口語練習，請活用所學，並讓老師多聽聽你的日文吧！

上手に話せるようになりたい人は、授業中どうしたらいいと言っていますか。

1. 日本人と話す機会を作る
2. 日本語でたくさん話す
3. 授業をよく聞く
4. 先生にたくさん聞く

想要流暢地說日文的人，在上課時應該怎麼做好呢？

1. 製造和日本人說話的機會
2. 多講日文
3. 認真聽課
4. 多問老師問題

正解：2

5番 MP3 03-02-05

会社で男の人と女の人が話しています。2人はどこで会いますか。

M：レストラン、7時に予約しておいたよ。

F：7時なら絶対に間に合うわ。

M：じゃあ、待ち合わせ、どこにしようか。

公司裡男人與女人正在說話。兩人要在哪裡見面呢？

M：我訂好7點的餐廳了喔。

F：7點的話我絕對可以趕上的！

M：那我們約哪裡好？

F：会社の入り口は？

M：そこは人が多いから、分かりにくいんじゃない。

F：そうね。じゃ、近くの本屋はどう？本屋の前に車も止めやすいし。

M：いいね。

F：じゃ、中で雑誌でも見ながら待ってるわ。

2人はどこで会いますか。

1. レストランの中
2. 会社の入り口
3. 本屋の前
4. 本屋の中

F：約公司的大門口好嗎？

M：那邊人多，不容易認出彼此吧！

F：也是。那附近的書店怎麼樣？而且書店前面停車也方便。

M：不錯耶！

F：那我在裡面一邊看雜誌一邊等吧。

兩人要在哪裡見面呢？

1. 餐廳裡面
2. 公司的大門口
3. 書店前面
4. 書店裡面

正解：4

6番 MP3 03-02-06

教室で先生が話しています。学生はあした、何を持っていかなければなりませんか。

M：あしたはパン工場へ見学に行きます。授業はいつも9時からですが、8時に学校に集まってください。天気予報によると、あしたは暑くなるそうなので、帽子がある人はかぶってきてもいいですよ。工場の中も暑いので、水などを必ず持ってきてください。お昼ご飯ですが、工場で準備してくれますから、持ってこなくてかまいません。お土産を買うところがあるので、買いたい人はお金も持ってきてください。

老師正在教室說話。明天學生必須帶什麼來呢？

M：明天我們去麵包工廠做校外教學。雖然上課一如往常是9點開始，但明天8點請在學校集合。依據天氣預報，明天好像會變熱的樣子，有帽子的人戴著來也無妨。由於工廠內也很熱，請各位務必帶水之類的飲料過來。工廠那邊會幫我們準備午餐，所以你們不帶也無妨。因為工廠裡有可以買伴手禮的地方，想買的人請帶錢來喔。

学生はあした、何を持っていかなければなりませんか。

1. 帽子
2. 飲み物
3. お弁当
4. お金

明天學生必須帶什麼來呢？

1. 帽子
2. 飲料
3. 便當
4. 錢

正解：2

重點解說

因為「帽子がある人はかぶってきてもいいですよ」（有帽子的人戴著來也無妨）表示有戴沒戴都可以的意思，所以選項 1 不是正確答案。

7 番 MP3 03-02-07

男の人が話しています。男の人は先週の日曜日はどんな順番で過ごしましたか。

M： 先週の日曜日は、デパートへ買い物に行きました。オープンしたばかりだったので、人がとても多かったです。それから、ご飯を食べてから泳ぐと、おなかが痛くなるので、先にプールへ行きました。家に帰ってからは、寝る前に、テレビを見たり、本を読んだりして、ゆっくりしました。

男の人は先週の日曜日はどんな順番で過ごしましたか。

男人正在說話。男人上週日是依照什麼順序度過的呢？

M： 上週日我去了百貨公司逛街購物。因為才剛開幕，人非常地多。然後，因為吃完飯才游泳的話會肚子痛，所以我先去了游泳池。回家之後，睡前我看電視、讀書，過得很悠閒。

男人上週日是依照什麼順序度過的呢？

正解：3

8番 MP3 03-02-08

男の人と女の人が相談しています。いつ映画を見に行きますか。

M：無料の映画のチケット、2枚あるんだけど、来週一緒に見に行かない？

F：えー、これ、今人気の映画じゃない。絶対、行く、行く。

M：水曜日はどう？

F：火、水、木はずっとアルバイトが入ってて……。

M：そう。金曜は僕がアルバイトだし、じゃあ、土曜日は？

F：土曜日ならいいよ。

M：じゃ、土曜日にしようか。

F：OK。いいわよ。

M：あっ、週末はこのチケット使えないんだった。

F：じゃ、この日にしましょう。

いつ映画を見に行きますか。

1. 土曜日
2. 日曜日
3. 月曜日
4. 火曜日

男人與女人正在討論。什麼時候要去看電影呢？

M：我有2張免費的電影票，要不要下週一起去看呢？

F：咦？這不是現在當紅的電影嗎？我要去！絕對要去！

M：那週三可以嗎？

F：我週二、三、四都要打工……

M：這樣啊。我則是週五要打工。那週六呢？

F：週六的話可以喔！

M：那就決定週六吧！

F：OK！好啊。

M：啊！這張電影票不能在週末使用。

F：那就這一天去看吧！

什麼時候要去看電影呢？

1. 週六
2. 週日
3. 週一
4. 週二

正解：3

問題 2

1番 MP3 03-02-10

雑誌の会社の人と女の人が話しています。女の人は子供のころ何を習っていましたか。

M：佐野さんの絵はすばらしいですね。展覧会にもたくさんの人が来ていますね。子供のときから絵が好きだったんですか。

F：ええ、よく一人でかいていました。小さいころはピアニストになりたかったので、絵ではなくて、ピアノの教室に通っていました。

M：ああ、大学は音楽大学ですよね。ピアノを勉強していたんですか。

F：ええ、アメリカの大学で勉強していました。

M：それで、英語が上手なんですね。僕も子供のころピアノを習っていましたが、大学では歴史を勉強しました。

F：田中さんも、ピアニストにならなかったんですね。

女の人は子供のころ何を習っていましたか。

1. 絵
2. ピアノ
3. 英語
4. 歴史

雑誌社的人正與女人在談話。女人在她小時候學了什麼？

M：佐野小姐，妳的畫真是太棒了。很多人來參觀這次的畫展喔。您從小就喜歡畫圖嗎？

F：是啊。我常一個人畫畫。小時候因為立志當個鋼琴家，所以去鋼琴教室學習而不是繪畫教室呢。

M：啊，大學是就讀音樂大學呀。那時是專攻鋼琴囉？

F：是的。我是在美國的大學學習的。

M：所以您英文很強呢。我在小時候雖然也學過鋼琴，在大學時代卻是學歷史。

F：田中先生，您也一樣最終沒有成為鋼琴家呢。

女人在她小時候學了什麼？

1. 畫畫
2. 鋼琴
3. 英文
4. 歷史

正解：2

重點解說

從「小さいころはピアニストになりたかったので、ピアノの教室に通っていました」（小時候因為立志當個鋼琴家，所以去鋼琴教室學習）這段敘述就可知道答案。「小さいころ」是指孩提時代，「ピアノの教室に通っていた」是指曾學過的意思。

2番 MP3 03-02-11

男の人と女の人が話しています。男の人はどうしてパソコンを買いませんでしたか。	男人與女人正在談話。男人為什麼不買電腦呢？
F：大野君、きのうパソコン買いに行った？	F：大野先生，你昨天去買電腦了嗎？
M：それが……、やっぱり買うのをやめたんだ。	M：這個嘛……結果還是沒買。
F：えっ、買おうと思ってたのがなかったの？	F：咦，你沒想過要買嗎？
M：実は携帯電話を落としちゃって。	M：其實我的手機掉了。
F：えっ？それで店に行かなかったの？	F：是喔。所以才沒去買嗎？
M：行ったんだけど、買ったのは携帯のほう。やっぱりないと不便だから。	M：我是去了，但買的是手機。我還是覺得沒手機很不方便。
F：そうだね。	F：你說的沒錯。
M：パソコンは古いのが家にあるから、しばらくはそっちを使うよ。	M：因為家中還有舊電腦，所以暫時先將就一下囉。
男の人はどうしてパソコンを買いませんでしたか。	男人為什麼不買電腦呢？
1. ほかに買うものがあったから	1. 因為買了別的
2. 店に行かなかったから	2. 因為沒去店裡
3. ほしいものがなかったから	3. 因為沒有想要的東西
4. まだ古いのが使えるから	4. 因為舊的還可以用

正解：1

重點解說

因為「買ったのは携帯のほう」（買的是手機）這段敘述，可知為了買手機，所以沒買電腦。

3番 MP3 03-02-12

男の人と女の人が話しています。どうして男の人は髪を切りましたか。

M：この髪型どう？

F：どうしたの？急に髪を切って。彼女が短いの好きなの？

M：髪型は関係ないよ。彼女は今の髪もいいって言ってるよ。

F：わたしは短いのより似合っていたと思うけど。

M：これから夏だしさ。

F：そうね。私も、切ろうかな。彼も短い方がかわいいって言うし。

どうして男の人は髪を切りましたか。

1. 彼女が短い髪が好きだから
2. 暑くなるから
3. 短い方が似合っているから
4. 短い方がかわいいから

男人與女人正在談話。為什麼男人剪了頭髮呢？

M：我的髮型怎麼樣？

F：怎麼突然剪了頭髮？你女朋友喜歡你頭髮短一點嗎？

M：跟髮型沒有關係喔，我女朋友說我現在的髮型也很好看喔。

F：我倒是覺得比起短髮，之前的髮型比較適合你。

M：不過夏天要到了嘛。

F：說得也是。我也去剪好了，反正我男朋友也說短髮比較可愛。

為什麼男人剪了頭髮呢？

1. 因為女朋友喜歡短髮
2. 因為天氣變熱
3. 因為短髮比較適合
4. 因為短髮比較可愛

正解：2

4番 MP3 03-02-13

男の人と女の人が話しています。どうして男の人は一緒に行きませんでしたか。

M：昨日はごめんよ。

F：忘れてたの？楽しみにしていたのに。私、1人で行ったわ。

M：行こうと思ってたんだけど……。仕事が忙しくって。

F：それは、大変だったわね。そんなに夜遅くまで仕事していたの？

男人與女人正在談話。為什麼男人沒有一起去呢？

M：昨天真抱歉。

F：你忘記了嗎？多虧我還那麼期待。結果我自己一個人去了。

M：我很想去……不過工作太忙了。

F：那還真辛苦，你工作到那麼晚嗎？

M：いや、その後、みんなで飲みに行くことになっちゃって。帰る時にはもう明るくなっていて……。

F：もう。病気だと思って心配していたんだから。

どうして男の人は一緒に行きませんでしたか。

1. 仕事が忙しかったから
2. 病気だったから
3. 忘れていたから
4. 朝までお酒を飲んでいたから

M：不是，工作之後大家一起去喝酒，回家的時候都已經天亮了。

F：真是的！我還以為你生病了，很擔心耶！

為什麼男人沒有一起去呢？

1. 因為工作很忙
2. 因為生病了
3. 因為忘記了
4. 因為喝酒喝到了早上

正解：4

5番 MP3 03-02-14

男の人と女の人が話しています。燃えるゴミはいつ捨てますか。

M：そろそろ出かけるけど、ついでにゴミ出してこようか。

F：きょうって火曜日？

M：うん、火曜日と木曜日が燃えるゴミの日だよね。

F：ううん、燃えないゴミの日。燃えるゴミは月曜と水曜だよ。

M：きのうだったんだ。で、金曜日が新聞とか缶とか？

F：そう、リサイクルできるゴミの日ね。

燃えるゴミはいつ捨てますか。

1. きのうとあした
2. きのうとあさって
3. きょうとあした
4. きょうとあさって

男人與女人正在談話。可燃垃圾是什麼時候拿去丟呢？

M：我差不多要出門了，順便把垃圾拿出去丟吧。

F：今天週二吧？

M：對，週二跟週四是丟可燃垃圾的日子對吧！

F：不對，是丟不可燃垃圾的日子。可燃垃圾是週一跟週三才對喔。

M：啊，那是昨天呀。對了，週五是丟舊報紙跟鐵罐類吧？

F：對，是資源回收日喔。

可燃垃圾是什麼時候拿去丟呢？

1. 昨天跟明天
2. 昨天跟後天
3. 今天跟明天
4. 今天跟後天

正解：1

重點解說

從「きょうって火曜日？」（今天週二吧？）及「うん」（對）等敘述，可知今天是週二。

6番 MP3 03-02-15

男の人と女の人が話しています。どうして男の人は薬を飲みませんか。

M：今晩の分、足りないなあ。

F：あれ？まだ、薬飲んでるの？

M：うん。前は1日3回食事の後に飲んでいたんだけど、今は、朝と晩1日2回飲めばいいんだ。

F：そう。

M：数も減ってきて、今は1回に2つになったし。

F：だんだん病気が良くなっているのね。で、薬、どうするの？

M：仕方ないよ。もう閉まっちゃってるから、明日の朝早く病院へ行って、もらってくるよ。

どうして男の人は薬を飲みませんか。

1. 薬の数が減っているから
2. 1日2回だけ飲めばいいから
3. 薬が足りないから
4. 病気が良くなっているから

男人與女人正在談話。為什麼男人沒有吃藥呢？

M：今晚的份不夠啊！

F：咦？你還在吃藥嗎？

M：嗯。之前是每天3餐飯後吃，不過現在只要早餐和晚餐飯後，一天吃2次就可以了。

F：這樣啊！

M：藥量也減少了，現在一次只要吃兩顆藥就好了。

F：你的病漸漸好了呢。那，藥的問題該怎麼辦？

M：沒辦法，醫院已經關了，所以明天早上要早一點去醫院拿藥囉。

為什麼男人沒有吃藥呢？

1. 因為藥的數量減少了
2. 因為一天吃兩次就可以了
3. 因為藥不夠
4. 因為病情好轉了

正解：3

7番 MP3 03-02-16

男の人と女の人が話しています。どうして窓が開いていますか。

M：あれ？窓閉まってないよ。

F：あっ、ごめん。寒くなっちゃうわね。

M：それより泥棒が入ったら、大変だよ。

F：今度から、気をつけるわ。さっき、料理に失敗しちゃって、家の中、ひどい臭いだったから、ちょっとだけ開けておいただけよ。

M：寝る前に、閉めるの忘れるなよ。

F：分かってるわよ。

どうして窓が開いていますか。

1. 閉めるのを忘れたから
2. 暑かったから
3. 泥棒が入ったから
4. 臭かったから

男人與女人正在談話。為什麼窗戶開著呢？

M：咦？窗戶沒關耶！

F：啊！對不起，這樣會害房間變冷呢。

M：比起房間變冷，如果小偷跑進來就糟了。

F：下次我會注意啦。剛才我料理失敗了，家中瀰漫著嚴重的臭味，所以我就把窗戶打開了一點而已。

M：睡覺前別忘了關窗戶喔！

F：我知道啦！

為什麼窗戶開著呢？

1. 因為忘記關了
2. 因為天氣很熱
3. 因為有小偷進來了
4. 因為很臭

正解：4

問題 3

1番 MP3 03-02-18

M：先生に分からないところを教えてもらいました。何と言いますか。

F：1. 先生、ここを教えていただけませんか。

2. とても勉強になりました。

3. 何か質問はありませんか。

M：向老師請教了不懂的地方。這時候要說什麼呢？

F：1. 老師，可以教我這個部份嗎？

2. 我學到了很多。

3. 沒有問題嗎？

正解：2

2番 MP3 03-02-19

M：料理の食べ方を知りたいです。何と言いますか。

F：1. はい、食べてもいいですよ。

2. 熱いうちに食べてください。

3. 温めて食べてください。

M：想知道這道菜的吃法，該怎麼說呢？

F：1. 是的。你可以吃喔。

2. 請趁熱吃。

3. 請加熱後吃。

正解：3

重點解說

「どうやって」（如何）使用於詢問方法時。

3番 MP3 03-02-20

M：友達の携帯電話を使いたいです。何と言いますか。

F：1. 電話を使ってはいけません。

2. どうぞ、使ってくださいね。

3. ちょっと電話借りてもいい？

M：想使用朋友的手機。說什麼好呢？

F：1. 不可以用電話。

2. 請用。

3. 電話可以借我用一下嗎？

正解：3

4番 MP3 03-02-21

F：お客さんは会議室の場所がわかりません。案内したいです。何と言いますか。

M：1. 私が会議室へご案内しましょうか。
2. 会議室まで案内していただけますか。
3. 会議室はあちらにございます。

F：來訪的客人不知道會議室在哪裡。想引導他去會議室時說什麼好呢？

M：1. 我來帶您去會議室吧！
2. 您可以帶我去會議室嗎？
3. 會議室在那邊。

正解：1

重點解說

選項 3 是告訴對方場所位置時的說法。沒有引導帶路的意思。

「ご案内しましょうか」（我來帶路吧）是主動向對方提議幫忙的說法。比起「案内しましょうか」更有禮貌。

5番 MP3 03-02-22

M：外は雨です。これから出かける友だちに何と言いますか。

F：1. もうすぐ雨になるかもしれないよ。
2. 雨だから、傘もってったほうがいいよ。
3. 急に降ってきて、大変だったね。

M：外面在下雨。對即將出門的朋友會說什麼呢？

F：1. 可能馬上要下雨喔。
2. 因為在下雨，帶著傘比較好喔。
3. 突然下起雨，真是麻煩呢。

正解：2

重點解說

選項 1 是看到好像要下雨時所說的。

問題 4

1番 MP3 03-02-24

F：授業を休むって先生に言ってくれない？

M：1. わかった。きょうは授業はないんだね。
　　2. うん、先生には休むことは言わないよ。
　　3. 授業を休むんだね。先生に言っとくよ。

F：可以幫我跟老師說我要請假不來上課嗎？

M：1. 好的。今天沒課呢！
　　2. 嗯，我不跟老師說要請假這事喔。
　　3. 請假不來上課是吧！我會跟老師說的。

正解：3

重點解說

「～てくれない？」（可以為我做～嗎？）可理解成請求他人的表現「言ってください」（請幫我這麼說）。

2番 MP3 03-02-25

M：あっ、ガスを消すのを忘れたかも。

F：1. 大変じゃない。早く帰ったほうがいいよ。
　　2. 今度はちゃんと見てくださいね。
　　3. どうぞ忘れてください。

M：啊，我可能忘了關瓦斯。

F：1. 真糟糕。早點回去比較好喔！
　　2. 下次請好好的確認。
　　3. 請把這事忘了。

正解：1

3番 MP3 03-02-26

F：何か手伝いましょうか。

M：1. そうですね。手伝いましょう。
　　2. 助かりました。
　　3. いいえ、けっこうです。

F：我來幫你做些什麼吧！

M：1. 是啊！我們來一起幫忙吧。
　　2. 得救了。
　　3. 不，不用了。

正解：3

重點解說

「～ましょうか」（我們一起做～吧）是向對方說自己願意幫忙的說法。

4 番 MP3 03-02-27

F：今日中にこのレポートまとめてしまったら？

M：1. そうですね。そうします。
　　2. あっ、そうなんですか。
　　3. ええと、全部で 10 枚です。

F：要不要在今天內把這份報告整理好？

M：1. 好啊，那就這樣做。
　　2. 啊，是這樣啊？
　　3. 呃，總共有 10 張。

正解：1

重點解說

「～たら？」是「～たらどうですか？」的省略，在給親近的人建議時使用。「そうします」（就這樣做）是決定聽從建議的意思。

5 番 MP3 03-02-28

M：ちょっとこの手紙出してきてもらえるかな？

F：1. えっ、いいの？ありがとう。
　　2. ええ、いいですよ。
　　3. ええ、けっこうです。

M：妳可以幫我把這封信寄出去嗎？

F：1. 咦，可以嗎？謝謝！
　　2. 嗯，好啊。
　　3. 嗯，不用了。

正解：2

重點解說

「かな」用來表示說話者的期望。

6 番 MP3 03-02-29

F：山田さん、午後は会社にいらっしゃいますか。

M：1. いいえ、ちょっとでかけます。
　　2. ええ、会社まで時間がかかります。
　　3. では、午後の予定を聞いておきます。

F：山田先生，下午會在公司嗎？

M：1. 不，我會外出一下。
　　2. 嗯，到公司的這段路蠻花時間的。
　　3. 那麼，我先去問他下午的行程安排。

正解：1

7番 MP3 03-02-30

M：この携帯、高かったのに……。

F：1. 私もほしいなあ。

2. それで、人気なんですね。

3. ああ、これはもう使えないね。

M：這支手機明明這麼貴，卻……

F：1. 我也好想要啊！

2. 所以才很受歡迎吧。

3. 啊，這支已經不能用了呢！

正解：3

重點解說

「のに」是逆接的表現，用來表現原本的期待換來了意外的結果，含有說話者的後悔、不滿、意外、悲傷等情緒。在這一題可以推測出因為「この携帯は高かった」（這支手機很貴）讓說話者有期待，卻出現了不同於期待的意外結果。

8番 MP3 03-02-31

M：一人だったら、こんなに早く終わりませんでした。

F：1. いつでも手伝いますから。言ってくださいね。

2. 本当に一人で大変でしたね。

3. もう仕事が終わったんですか？早いですね。

M：若只有我一個人做的話，不會這麼快就完成了。

F：1. 我隨時都可以幫忙喔。需要時請跟我說。

2. 只有一個人做的話真的很辛苦。

3. 工作已經完成了？真快呀。

正解：1

模擬試題第 3 回　スクリプト詳解

	1	2	3	4	5	6	7	8
問題 1	2	3	1	3	4	1	2	3

	1	2	3	4	5	6	7
問題 2	4	2	3	2	1	1	4

	1	2	3	4	5
問題 3	1	2	1	3	2

	1	2	3	4	5	6	7	8
問題 4	3	3	1	1	2	3	2	3

問題 1

（M：男性　F：女性）

1 番　MP3 03-03-01

男の人と女の人が話しています。男の人はこれから何をしなければなりませんか。

M：ほかに何かやることはありませんか。

F：そうね。先生方に来週の会議に出られるかどうか聞いてほしいんだけど。

M：じゃ、先生の研究室に行ってきます。

F：行かなくてもいいよ。先週メールしたんだけど、木村先生と鈴木先生からまだ返事が来てないから、先生の部屋に電話して、確認して。

男人與女人正在談話。男人在談話後必須做什麼呢？

M：還有其他事情要做嗎？

F：嗯……我想請你問問老師們是否會出席下週的會議。

M：那我去老師的研究室。

F：你不用跑一趟啦，上週我寄了電子郵件給他們。木村老師和鈴木老師還沒回覆，你打電話去老師的研究室確認一下。

M：わかりました。

F：あれっ、この本、木村先生に返さなきゃならないんじゃない？早くしないと怒られちゃうよ。鈴木先生には私から連絡しとくから。

M：では、お願いします。じゃ、行ってきます。

男の人はこれから何をしなければなりませんか。

1. 電話をかける
2. 先生の部屋へ行く
3. 郵便局へ行く
4. 図書館へ行く

M：好。

F：咦，這本書不是必須還給木村老師嗎？不趕快還的話老師會生氣喔！鈴木老師我來聯絡就好了。

M：那就麻煩妳了。那，我走囉！

男人在談話後必須做什麼呢？

1. 打電話
2. 去老師的研究室
3. 去郵局
4. 去圖書館

正解：2

2番 MP3 03-03-02

会社で男の人と女の人が話しています。今、どんな天気ですか。

F：山本さん、どうしたの？はい、タオル、タオル。

M：ありがとう。さっき歩いてたら、急に降ってきて。朝の天気予報では、雨って言ってなかったのに。

F：うん、そうだよね。きょうはいい天気で暑くなるって言ってたよ。

M：だから、傘は家に置いてきたのに。

F：私も持ってこなかった。早くやんでほしいな。

公司裡男人與女人正在談話。現在的天氣如何呢？

F：山本先生，你怎麼了呢？來，毛巾給你。

M：謝謝。剛才在外面走路時，突然下起雨來。明明早上的天氣預報根本沒提到會下雨啊！

F：嗯，是呀。天氣預報是說今天是好天氣而且會變熱的呀。

M：所以我才把傘放在家裡就出門……

F：我也沒帶。希望早點放晴。

今、どんな天気ですか。

現在的天氣如何呢？

正解：3

重點解說

從「さっき歩いてたら、急に降ってきて」與「早くやんでほしいな」可知現在正在下雨。

3番 MP3 03-03-03

図書館の人と女の人が話しています。女の人はこのあと何をしますか。

F：あのう、本を返したいんですが、図書館のカードを忘れてしまって。

M：貸出カードですね。返すときは、なくても大丈夫です。

F：よかった。取りに帰らなくてもいいんだ。

M：図書館の前に本を返す箱がありますから、そこに入れてくれてもいいですよ。

F：そこならいつでも返せますね。あのう、きょう本が借りられますか。

M：貸し出しのときは、カードがいりますね。でも、予約なら、携帯電話からでもできますよ。

F：そうですか。じゃ、今度からそうします。

女の人はこのあと何をしますか。

1. 本を返す
2. 家に戻る
3. 本を借りる
4. 本を予約する

圖書館的人正與女人在談話。女人在談話後要做什麼呢？

F：那個，我想還書，但是忘了帶圖書館的卡片。

M：是借書卡吧。還書時沒帶也沒關係喔。

F：太好了。這樣我就不用特地跑回家拿了。

M：因為圖書館前有個還書箱，把書放進那裡也行喔。

F：放那的話就隨時都能還呢。對了，那今天我能借書嗎？

M：借書時就要借書卡囉。不過，如果是預約的話，用手機也能完成喔。

F：這樣啊！那我下次開始那麼做。

女人在談話後要做什麼呢？

1. 還書
2. 回家
3. 借書
4. 預約借書

正解：1

重點解説

「予約なら、携帯電話からでもできますよ」是指可以完成書的預約。但若沒有借書卡，仍無法借書。

4番 MP3 03-03-04

男の人と女の人がメニューを見ながら相談しています。男の人は何を注文しますか。

M：何にする？

F：えー、紅茶にしようかな。

M：俺は、暑いからアイスクリームがいいな。

F：あれ？これ、見て。今ならケーキにコーヒーか紅茶がついて安くなってるって。私、これにしようかな。

M：じゃ、俺も。俺はコーヒーにしようっと。

男の人は何を注文しますか。

1. コーヒー
2. アイスクリーム
3. ケーキとコーヒー
4. ケーキと紅茶

男人與女人正邊看著菜單邊討論。男人要點什麼呢？

M：要點什麼呢？

F：嗯……我點紅茶好了。

M：天氣好熱，我點冰淇淋。

F：咦？你看這個，現在點蛋糕附咖啡或紅茶有優惠，我點這個好了。

M：那我也要。我要選咖啡。

男人要點什麼呢？

1. 咖啡
2. 冰淇淋
3. 蛋糕跟咖啡
4. 蛋糕跟紅茶

正解：3

5番 MP3 03-03-05

会社で男の人と女の人が話しています。女の人はどんな服を着ていきますか。

F：ねえ、お客様の会社のパーティー、何を着ていけばいいかな。うちの会社は服が自由だから、いつもはＴシャツとジーンズなんだけど。

M：会社ができて10年の記念のパーティーだよね。女の人は着物を着ていく人もいるみたいだよ。

公司裡男人與女人正在談話。女人要穿什麼衣服去呢？

F：欸，參加客戶他們公司舉辦的派對穿什麼去好呢？因為我們公司服裝規定很自由，所以我總是穿Ｔ恤與牛仔褲。

M：公司成立10周年紀念的派對喔。好像會有女人穿和服去喔。

F：そんなすごいパーティーなの？

M：うん。黒のスーツはないの？Tシャツはやっぱりよくないと思うよ。

F：黒と白を持ってるんだけど。

M：じゃ、明るいほうにしたら？にぎやかなパーティーだから。

F：じゃ、そうする。

女の人はどんな服を着ていきますか。

1. Tシャツとジーンズ
2. 着物
3. 黒のスーツ
4. 白のスーツ

F：是這麼講究的派對嗎？

M：是啊。妳沒有黑色套裝嗎？我想T恤還是不好吧。

F：我有黑色與白色的套裝。

M：那，穿亮色系的去如何？畢竟是熱鬧的派對嘛。

F：好吧，就這麼辦。

女人要穿什麼衣服去呢？

1. T恤與牛仔褲
2. 和服
3. 黑色套裝
4. 白色套裝

正解：4

重點解說

從「明るいほうにしたら？」與「じゃ、そうする」的敘述，可知選的是白色套裝。

6番 MP3 03-03-06

男の人と女の人が話しています。女の人が住んでいる町の地震について知りたいときはどうすればいいですか。

F：あっ、地震だ。ねえ、テレビで台風とか地震の情報が見られるんだよね。

M：うん、ABSテレビをつけて、リモコンの緑のボタンを押せばいいよ。台風は白、地震は青のボタン。

男人與女人正在談話。女人想知道她住的城鎮的地震情報時該怎麼做？

F：啊，有地震。欸，從電視上可以看到颱風或地震的情報吧。

M：對，打開電視上ABS那台，按下遙控器上的綠色按鈕就可以囉。颱風情報是白色按鈕，地震情報則按藍色按鈕。

F：わかった。それから、赤いボタンを押すと、私たちが住んでいるところのことがわかるのよね。

M：違う県のことが知りたかったら、黄色のボタンを押せばいいよ。

女の人が住んでいる町の地震について知りたいときはどうすればいいですか。

1. 緑と青と赤のボタン
2. 緑と青と黄色のボタン
3. 青と白と赤のボタン
4. 青と赤と黄色のボタン

F：了解。還有，按下紅色按鈕後，就可以知道我住的地方的相關情報了吧。

M：想知道外縣市的情報的話，按下黃色按鈕就可以囉。

女人想知道她住的城鎮的地震情報時該怎麼做？

1. 綠色及藍色及紅色的按鈕
2. 綠色及藍色及黃色的按鈕
3. 藍色及白色及紅色的按鈕
4. 藍色及紅色及黃色的按鈕

正解：1

7番 MP3 03-03-07

会社で男の人と女の人が話しています。男の人はこれから何をしますか。

F：午後からの会議なんだけど、コピーお願いできるかな。

M：コピーはさっき終わりましたが。

F：間違えていることがあったから、2ページ目だけ、コピーをやり直してほしいのよ。

M：はい、そこだけ、もう一度コピーするんですね。会議室の準備はどうしましょうか。今月から立ったまま会議するんでしたよね。

在公司裡男人與女人正在談話。男人在談話後要做什麼呢？

F：可以麻煩你影印下午會議要用的資料嗎？

M：我剛才已經印完囉。

F：因為有些地方錯了，所以想麻煩你重印第2頁的部分就好。

M：好的，再印一次那部份就好是吧。會議室的準備要怎麼進行呢？這個月開始是要站著開會對吧。

F：うん、座って会議をすると、会議が長くなるから、今月は座らないで会議をしてみようって、先月決まったよね。でも、きょうが初めてだから、きょうは椅子はそのままでいいわ。

M：並べたままでいいんですね。わかりました。

男の人はこれから何をしますか。

1. もう一度ぜんぶコピーする
2. 1ページだけ、もう一度コピーする
3. 椅子を会議室から出す
4. 椅子を並べる

F：嗯，坐著開會的話會議會變得冗長，所以上個月就決定從這個月開始試辦不坐著開會。不過，因為今天是第1次這麼做，所以椅子就維持原狀不用做更動了。

M：那椅子的排列維持原狀就行囉。了解。

男人在談話後要做什麼呢？

1. 全部再重印一次
2. 再重印其中1頁就好
3. 把椅子從會議室裡拿出來
4. 排列椅子

正解：2

重點解說

從「2ページ目だけ、コピーをやり直してほしいのよ」的敘述可知只有第2頁要重印。

8番 MP3 03-03-08

男の学生と女の学生が話しています。男の学生は何を買いますか。

M：留学生パーティーって、来週だったよね。プレゼント準備した？

F：うん、私は手袋にしたんだ。男の子も女の子も使えるような。もうすぐ冬だし。

M：そっか。去年は時間がなくて、チョコレートにしたから、今年は食べ物じゃないものにしたいんだ。

男學生與女學生正在談話。男學生要買什麼呢？

M：留學生的派對是下週吧。妳準備好禮物了嗎？

F：嗯，我買了手套當禮物喔。不論男孩子或女孩子都能用的樣子，而且馬上就要冬天了。

M：這樣啊。去年因為沒有準備的時間，所以我買了巧克力。今年我想就不要再買吃的東西了。

F：プレゼントは500円ってことになってるから、ボールペンとかは？

M：ボールペンかあ……。でも、みんな持ってるだろ。

F：いいんじゃない？私は去年、タオルもらったんだけど、何枚あってもいいから、うれしかったよ。

M：そうだね。何本あってもいいよね。決めた。

男の学生は何を買いますか。

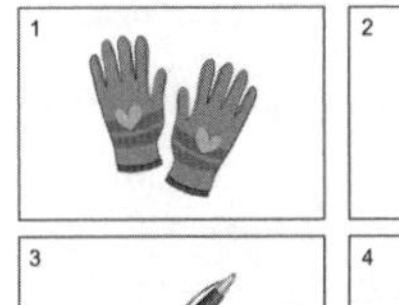

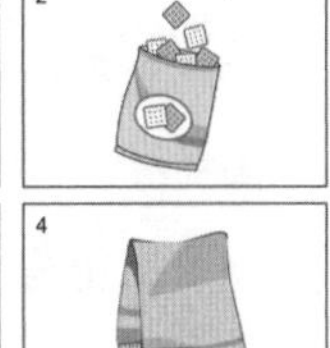

F：因為規定是500日圓的禮物，買原子筆這類的如何？

M：原子筆呀……不過，那東西應該大家都有吧。

F：有什麼關係？我去年是拿到毛巾，因為那東西是多多益善，所以覺得很高興呢。

M：也是。筆也是多多益善嘛。好，決定囉。

男學生要買什麼呢？

正解：3

重點解說

從「私は去年、タオルもらったんだけど、何枚あってもいいから、うれしかったよ。」的敘述就暗示了筆跟毛巾一樣，都是多多益善。

問題 2

1番 MP3 03-03-10

男の人と女の人が話しています。どうして女の人は病院へ行きますか。

F：これから病院へ行かなくちゃいけないのよ。

M：体の調子、まだ良くならないの？

F：んー、まだちょっと頭が痛いけど、すぐ良くなると思うわ。私はいいんだけど、私より、この犬が大変なの。昨日からあまり食べないのよ。お腹の調子が悪いみたいなの。

M：えー、じゃ、早く先生に診てもらわないと。

F：もう朝、診てもらったわよ。でも、お金が足りなかったから、これからまた払いに行かなきゃ。

どうして女の人は病院へ行きますか。

1. 女の人は体の調子が悪いから
2. 犬があまり食べないから
3. 犬のお腹の調子が悪いから
4. お金を払わなくてはならないから

男人與女人正在談話。為什麼女人要去醫院呢？

F：我現在得去醫院才行。

M：妳的身體還沒好嗎？

F：嗯……頭還有點痛，不過我想馬上就會好了。其實我還好啦，比起我這隻狗好像更不舒服。從昨天開始牠就不太吃東西，好像是肚子不舒服的樣子。

M：咦！那得趕快去看醫生才行。

F：我早上已經帶牠去看過了。不過當時因為錢不夠，所以我現在要去付醫藥費才行。

為什麼女人要去醫院呢？

1. 因為女性的身體不舒服
2. 因為狗不太吃東西
3. 因為狗的肚子不舒服
4. 因為得去付錢

正解：4

2番 MP3 03-03-11

旅行社の人が話しています。何時までに美術館に入らなければなりませんか。

M：皆様、これから自由に過ごしてください。公園の中には美術館もあります。きょうはお天気も

旅行社的人正在說話。在幾點之前必須進入美術館呢？

M：各位，接下來請自由活動。公園裡也有美術館。今天天

いいですし、今、公園にはいろいろな花が咲いているので、写真を撮ったり、のんびりしたりできますよ。美術館は5時まで開いていますが、30 分前までに入ってください。その時間を過ぎると入ることができませんから、注意してくださいね。絵がたくさんありますので、見るのに 1 時間くらいかかると思います。では、5 時半にここに集まってください。

氣不錯，公園裡也有各種花朵盛開，各位可以一邊盡情地拍照，一邊悠閒自在地好好享受。美術館開到 5 點為止，請在閉館 30 分鐘前進去。因為過了這個時間就不能進入了，請各位注意喔。因為館藏的畫甚多，我想可能得花個 1 小時左右來看。那麼，請各位 5 點半在這裡集合。

何時までに美術館に入らなければなりませんか。

1. 4 時
2. 4 時半
3. 5 時
4. 5 時半

在幾點之前必須進入美術館呢？

1. 4點
2. 4點半
3. 5點
4. 5點半

正解：2

重點解說

「美術館は 5 時まで開いています」是開館到 5 點為止的意思。

3 番 MP3 03-03-12

郵便局の人と女の人が話しています。女の人はどうして荷物を送ることができませんでしたか。

F：これお願いします。

M：はい、小包ですね。これ……このままでは送れませんね。

F：どうしてですか？縦、横、高さが 60 センチ以内なんですけど。

M：大きすぎるんじゃなくて、その反対です。

郵局的人與女人正在談話。女人為什麼無法寄送包裹呢？

F：這個麻煩您。

M：好的，收您小型包裹。這個……這樣沒辦法寄送喔。

F：為什麼呢？長、寬、高都在 60 公分以內呀。

M：不是太大的問題，恰恰相反。

F：そんな決まりがあるんですか。

M：ええ、長さは14センチ、厚さは9センチ以上でなければならないんです。

F：そうなんですか。

女の人はどうして荷物を送ることができませんでしたか。

1. 大きすぎるから
2. 重すぎるから
3. 小さすぎるから
4. 軽すぎるから

F：有這樣的規定嗎？

M：是的。長度必須在14公分以上，厚度必須在9公分以上才行。

F：這樣啊。

女人為什麼無法寄送包裹呢？

1. 因為太大
2. 因為太重
3. 因為太小
4. 因為太輕

正解：3

4番 MP3 03-03-13

女の人と男の人が話しています。男の人はどうして時間通りに来ませんでしたか。

M：悪い。遅れて。

F：それはいいけど、どうしたの？忙しかったの？

M：ううん、駐車場の場所がわからなくて。

F：いつもは自転車なのに。

M：うん、きょうはお客様を空港に迎えに行かなきゃならなかったから、車で来たんだ。

F：そっか。この店わかりにくいから、道に迷ったのかと思ってた。

男の人はどうして時間通りに来ませんでしたか。

1. 道をまちがえたから
2. 車で来たから
3. 自転車で来たから
4. 仕事がなかなか終わらなかったから

女人正與男人在談話。男人為什麼沒有準時到呢？

M：抱歉，是我不好。我遲到了。

F：那沒關係啦，只是你怎麼了嗎？剛在忙嗎？

M：不是，因為我不知道停車場的位置。

F：你不是一向都騎腳踏車的嗎？

M：是啊，不過因為今天得去機場接客人，所以我就開車來了。

F：是喔。我還以為你是因為這間店不好找所以迷路了呢。

男人為什麼沒有準時到呢？

1. 因為走錯路
2. 因為開車來
3. 因為騎腳踏車來
4. 因為工作太忙走不開

正解：2

5番 MP3 03-03-14

男の学生と女の学生が話しています。女の学生はどうして元気がありませんか。

M：どうしたの？ずっと下向いて。先生に怒られたの？

F：ううん。

M：家で何かあった？それとも、ぐあいが悪いの？

F：ううん、かぜとかじゃないから。心配しないで。実はね、さっきの試験、あまり書けなかったんだ。先生に怒られるんじゃないか、お母さんに叱られるんじゃないかと思ったら、だんだん元気がなくなっちゃって。

M：気にすることないよ。きっとみんなできてないと思うよ。

女の学生はどうして元気がありませんか。

1. テストがあまりできなかったから
2. 病気だから
3. 先生に怒られたから
4. 家族に叱られたから

男學生與女學生正在談話。女學生為何無精打采的呢？

M：怎麼了呢？看妳一直垂頭喪氣的，被老師罵了嗎？

F：並不是。

M：家裡發生什麼事嗎？或者，身體不舒服？

F：不是，也不是感冒之類的原因，請別擔心。其實啊，是因為剛才的考試我寫得不太好。老師應該不會生氣吧？我媽應該不會罵我吧？想到這些，我就覺得沒力了。

M：沒必要太難過喔，我想大家都答得不好吧。

女學生為何無精打采的呢？

1. 因為考試答得不太好
2. 因為生病
3. 因為惹老師生氣
4. 因為被家人罵

正解：1

6番 MP3 03-03-15

会社で男の人と女の人が話しています。男の人は最近どのくらい運動していますか。

F：木村さん、疲れているみたいですね。

M：ええ、最近、仕事が忙しくて。運動もしたいけど、そんな時間なかなかなくて。

F：そうですね。来月までは忙しいでしょうね。私も週に2回くらいかな、運動できるのは。

公司裡男人與女人正在談話。男人最近運動的頻率如何？

F：木村先生，你好像很疲倦。

M：是啊，因為最近工作很忙。雖然也想運動，但就是一直找不到時間呀。

F：這樣啊。你應該到下個月為止都忙吧。我現在也是每週2次左右能去運動。

M：学生のころは毎日走ってたんだけど。今、運動する時間があるのは、日曜くらいしかないな。2日に1回くらい運動したいんだけどね。

男の人は最近どのくらい運動していますか。

1. 週に1回
2. 週に2回
3. 週に3回
4. 毎日

M：我在學生時代都天天跑步的。現在，可以運動的時間也就只有週日了。真想每2天就運動個1次。

男人最近運動的頻率如何？

1. 1週1次
2. 1週2次
3. 1週3次
4. 每天

正解：1

7番 MP3 03-03-16

会社で男の人と女の人が話しています。女の人はどうしてきょうマスクをしていますか。

M：あれ？山下さん、カゼ？マスクなんかして。僕のカゼがうつっちゃった？おとといまで、ひどいカゼだったから。

F：いいえ、そうじゃありません。あのう、きょうはマスクして仕事してもいいですか。

M：いいけど、咳が止まらないの？

F：いえ、実はきのう遅くまで、起きていたら、朝なかなか起きられなくて。化粧する時間がなかったんです。

M：なーんだ、そんなこと気にしなくていいのに。

女の人はどうしてきょうマスクをしていますか。

1. カゼをひいているから
2. 男の人がカゼをひいているから
3. 仕事中はマスクをしなければならないから
4. お化粧をしていないから

公司裡男人與女人正在談話。女人為什麼今天戴口罩呢？

M：咦？山下小姐，妳感冒了嗎？看妳戴著口罩……是我把感冒傳染給妳的嗎？我到前天為止，一直是重感冒的狀態呀。

F：不是那樣的。請問，我今天可以戴著口罩工作嗎？

M：可以喔。是因為久咳不止嗎？

F：不，其實是昨晚太晚睡，結果今天早上爬不起來。然後就沒有時間化妝了。

M：什麼嘛，不用在乎那種事啦。

女人為什麼今天戴口罩呢？

1. 因為感冒了
2. 因為男人感冒了
3. 因為在工作中所以必須戴口罩
4. 因為沒化妝

正解：4

問題 3

1番 MP3 03-03-18

F：資料を田中さんにメールで送ってほしいです。何と言いますか。

M：1. 資料を田中さんに送っといて。
2. 田中さんが資料を送ってくれるって。
3. 田中さんが送ってきた資料を見せて。

F：希望別人用電子郵件將資料寄給田中。此時該說什麼呢？

M：1. 請把資料寄給田中。
2. 聽說田中要把資料寄來給我。
3. 把田中寄來的資料拿來我看。

正解：1

重點解說

「送っといて」是「送っておいてください」（請寄去）的簡短說法。

2番 MP3 03-03-19

M：隣の部屋がうるさいです。ホテルの人に注意してもらいたいです。何と言いますか。

F：1. 静かにしていただけませんか。
2. 静かにするように言っていただけませんか。
3. 大きな声で話さないようにしてください。

M：隔壁房很吵。想請飯店的人去提醒對方。此時該說什麼呢？

F：1. 可以請您安靜嗎？
2. 可以請您去說麻煩請安靜嗎？
3. 請不要大聲地說話。

正解：2

3番 MP3 03-03-20

F：来週、友だちと遊びに行きます。先輩も来てほしいと思っています。何と言いますか。

M：1. 先輩もいらっしゃいませんか。
2. 先輩の友達もぜひ来てください。
3. 来週、いっしょに行ってもいいかな。

F：下週，要跟朋友出去玩。希望前輩也參加。此時該說什麼呢？

M：1. 前輩你也一起來好嗎？
2. 前輩的朋友也務必要來。
3. 下週，我可以一起去嗎？

正解：1

重點解說

「先輩も来てほしい」（希望前輩你也來）的「Vてほしい」是向對方表達自己的期望，表示說話者希望前輩會來。

4番 MP3 03-03-21

M：友だちはカゼです。病院へ連れて行ってあげたいです。何と言いますか。

F：1. 病院へついていってもらえないかな。
2. いい病院知ってる？
3. よかったら、いっしょに病院へ行こうか。

M：朋友感冒了。想帶他去醫院看診。此時該說什麼呢？

F：1. 可以請你陪我去醫院嗎？
2. 你知道哪裡有好醫院嗎？
3. 可以的話，我們一起去醫院吧。

正解：3

重點解說

「病院へ連れて行ってあげたいです」（想帶某人去醫院）的「Vてあげたい」表達自己想要幫對方做某些事。

5番 MP3 03-03-22

F：来月、国へ帰ります。先生に何と言いますか。	F：下個月要回國。此時要向老師說什麼呢？
M：1. ただいま。遅くなってすみませんでした。	M：1. 我回來了。抱歉我遲到了。
2. 来月、国へ帰ることになりました。いろいろお世話になりました。	2. 下個月我要回國。感謝您這陣子以來的多方照顧。
3. 先生はいつ国へお帰りになりますか。	3. 老師您哪時要回國呢？

正解：2

重點解說

「国へ帰ります」就是回國的意思。

問題 4

1番 MP3 03-03-24

F：今月3回も東京に行かされました。
M：1. よかったですね。行けて。
2. 行かせてもらえたんですね。
3. 行きたくなかったんですか。

F：這個月被派去東京3次了。
M：1. 妳可以去真好。
2. 讓我去對吧。
3. 妳其實並不想去嗎？

正解：3

2番 MP3 03-03-25

M：ああ、バス、行っちゃったよ。
F：1. 危ないなあ。あのバススピード出しすぎだよね。
2. 走れば、間に合うかもしれないよ。
3. 次のを待つしかないね。

M：啊，巴士已經開走了！
F：1. 危險呀！那輛巴士開太快了。
2. 用跑的話，搞不好追得上喔。
3. 只能等下一班囉。

正解：3

重點解說

「行っちゃったよ」是「バスが行ってしまった」（巴士開走了）的縮約型。表示因為巴士已經開走了所以搭不上的意思。

3番 MP3 03-03-26

M：では、お帰りになりましたら、こちらにお電話いただけますか。
F：1. はい、あとでお電話します。
2. はい、お電話お待ちしております。
3. はい、あちらの電話をお使いください。

M：那麼，請您回去以後，撥個電話給我好嗎？
F：1. 好的。等會兒打給你。
2. 好的。我等你電話喔。
3. 好的。請使用那個電話。

正解：1

4番 MP3 03-03-27

F：お手洗いに行きたいんだけど、荷物を見ておいてくれない？
M：1. 僕が見てるから、行ってきて。
2. 荷物はここに置いとくんだね。
3. うん、ちゃんと見ておいたよ。

F：我想去洗手間，可以幫我看行李嗎？
M：1. 我正看著，請去吧。
2. 行李就先放這裡可以吧！
3. 嗯，我剛才有好好地看著喔。

正解：1

5番 MP3 03-03-28

M：さっきの授業のノート、見せてもらってもいいかな。
F：1. どうぞ、どうぞ。あげるよ。
2. うん、あんまり字がきれいじゃないけどね。
3. いいかどうか、わからないな。

M：剛才上課的筆記，可以借我看一下嗎？
F：1. 請看、請看，送給你。
2. 好喔，不過字不是很工整就是了。
3. 我不知道可不可以給你看耶。

正解：2

重點解說

「見せてもらってもいいかな」（可以借我看嗎？）是許可的表現，也可以說成請求的表現「見せてくれませんか」（借我看好嗎？）。

6番 MP3 03-03-29

F：次のバスって10時10分ですか。
M：1. 10時10分のバスです。
2. ええ、今、10時10分ですよ。
3. ええ、それで間違いないですよ。

F：下一班是10點10分的巴士嗎？
M：1. 10點10分的巴士。
2. 是的，現在就是10點10分喔。
3. 是的，你沒有搞錯喔。

正解：3

重點解說

選項 1 是針對「私たちが乗るのは、何時のバスですか」（我們搭的是幾點的巴士呢？）這種問題所做的回答，也就是巴士本身才是回答的重點，並非此題要問的。此題是針對搭乘時間來做確認，所以選項 3 為正解。若答案是「ええ、10 時 10 分です（是的，是 10 點 10 分的巴士）＝ええ、そうです（對，正是）」的話也算正解。

7番 MP3 03-03-30

M：そんなところに上って、落ちたらどうするんですか。

F：1. ごめんください。ちょっと上がってもいいですか。

2. ごめんなさい。すぐ下ります。

3. そうですよね。どうしたらいいですか。

M：爬上那種地方，掉下來的話該怎麼辦？

F：1. 抱歉。我可以上去一下嗎？

2. 抱歉。我馬上下來。

3. 你說的對。該怎麼辦好呢？

正解：2

8番 MP3 03-03-31

M：おでかけですか。

F：1. ええ、おかげさまで、元気です。

2. どうぞ気をつけて行ってきてください。

3. ええ、ちょっとそこまで。

M：您要出門嗎？

F：1. 是啊，托您的福，我很好。

2. 路上請小心。

3. 是啊，我去那邊一趟。

正解：3

にほんごのうりょくしけん　かいとうようし

N4

ちょうかい

じゅけんばんごう Examinee Registration Number	

なまえ Name	

〈ちゅうい Notes〉

1. くろい えんぴつ (HB、No.2) で かいて ください。（ペンや ボールペンでは かかないで ください。）
   Use a black medium soft (HB or No.2) pencil.
   (Do not use any kind of pen.)
2. かきなおす ときは、けしゴムで きれいに けして ください。
   Erase any unintended marks completely.
3. きたなく したり、おったり しないで ください。
   Do not soil or bend this sheet.
4. マークれい Marking examples

よい れい Correct Example	わるい れい Incorrect Examples
●	⊗ ◯ ⊖ ⓪ ⊜ ◐ ●

もんだい 1				
れい	①	②	③	●
1	①	②	③	④
2	①	②	③	④
3	①	②	③	④
4	①	②	③	④
5	①	②	③	④
6	①	②	③	④
7	①	②	③	④
8	①	②	③	④

もんだい 2				
れい	①	●	③	④
1	①	②	③	④
2	①	②	③	④
3	①	②	③	④
4	①	②	③	④
5	①	②	③	④
6	①	②	③	④
7	①	②	③	④

もんだい 3			
れい	①	●	③
1	①	②	③
2	①	②	③
3	①	②	③
4	①	②	③
5	①	②	③

もんだい 4			
れい	●	②	③
1	①	②	③
2	①	②	③
3	①	②	③
4	①	②	③
5	①	②	③
6	①	②	③
7	①	②	③
8	①	②	③

にほんごのうりょくしけん　かいとうようし

N4
ちょうかい

じゅけんばんごう Examinee Registration Number	

なまえ Name	

〈ちゅうい Notes〉
1. くろい えんぴつ（HB、No2）で かいて ください。（ペンや ボールペンでは かかないで ください。）
Use a black medium soft (HB or No.2) pencil.
(Do not use any kind of pen.)
2. かきなおす ときは、けしゴムで きれいに けして ください。
Erase any unintended marks completely.
3. きたなく したり、おったり しないで ください。
Do not soil or bend this sheet.
4. マークれい Marking examples

よい れい Correct Example	わるい れい Incorrect Examples
●	⊗ ○ ⊖ ⓪ ⊜ ◐ ◉

もんだい 1				
れい	①	②	③	●
1	①	②	③	④
2	①	②	③	④
3	①	②	③	④
4	①	②	③	④
5	①	②	③	④
6	①	②	③	④
7	①	②	③	④
8	①	②	③	④

もんだい 2				
れい	①	●	③	④
1	①	②	③	④
2	①	②	③	④
3	①	②	③	④
4	①	②	③	④
5	①	②	③	④
6	①	②	③	④
7	①	②	③	④

もんだい 3			
れい	①	●	③
1	①	②	③
2	①	②	③
3	①	②	③
4	①	②	③
5	①	②	③

もんだい 4			
れい	●	②	③
1	①	②	③
2	①	②	③
3	①	②	③
4	①	②	③
5	①	②	③
6	①	②	③
7	①	②	③
8	①	②	③

にほんごのうりょくしけん　かいとうようし

N4
ちょうかい

じゅけんばんごう Examinee Registration Number	

なまえ Name	

〈ちゅうい Notes〉
1. くろい えんぴつ（HB、No.2）で かいて ください。
（ペンや ボールペンでは かかないで ください。）
Use a black medium soft (HB or No.2) pencil.
(Do not use any kind of pen.)
2. かきなおす ときは、けしゴムで きれいに けして ください。
Erase any unintended marks completely.
3. きたなく したり、おったり しないで ください。
Do not soil or bend this sheet.
4. マークれい Marking examples

よい れい Correct Example	わるい れい Incorrect Examples
●	⊗ ○ ⊖ ⓪ ⊜ ◐ ●

もんだい 1				
れい	①	②	③	●
1	①	②	③	④
2	①	②	③	④
3	①	②	③	④
4	①	②	③	④
5	①	②	③	④
6	①	②	③	④
7	①	②	③	④
8	①	②	③	④

もんだい 2				
れい	①	●	③	④
1	①	②	③	④
2	①	②	③	④
3	①	②	③	④
4	①	②	③	④
5	①	②	③	④
6	①	②	③	④
7	①	②	③	④

もんだい 3			
れい	①	●	③
1	①	②	③
2	①	②	③
3	①	②	③
4	①	②	③
5	①	②	③

もんだい 4			
れい	●	②	③
1	①	②	③
2	①	②	③
3	①	②	③
4	①	②	③
5	①	②	③
6	①	②	③
7	①	②	③
8	①	②	③

解答用紙

にほんごのうりょくしけん　かいとうようし

N4
ちょうかい

じゅけんばんごう Examinee Registration Number	

なまえ Name	

〈ちゅうい Notes〉
1. くろい えんぴつ（HB、No.2）で かいて ください。（ペンや ボールペンでは かかないで ください。）
Use a black medium soft (HB or No.2) pencil.
(Do not use any kind of pen.)
2. かきなおす ときは、けしゴムで きれいに けして ください。
Erase any unintended marks completely.
3. きたなく したり、おったり しないで ください。
Do not soil or bend this sheet.
4. マークれい Marking examples

よい れい Correct Example	わるい れい Incorrect Examples
●	⊗ ◯ ⊖ ⓪ ⊘ ① ●

もんだい 1

れい	①	②	③	●
1	①	②	③	④
2	①	②	③	④
3	①	②	③	④
4	①	②	③	④
5	①	②	③	④
6	①	②	③	④
7	①	②	③	④
8	①	②	③	④

もんだい 2

れい	①	●	③	④
1	①	②	③	④
2	①	②	③	④
3	①	②	③	④
4	①	②	③	④
5	①	②	③	④
6	①	②	③	④
7	①	②	③	④

もんだい 3

れい	①	●	③
1	①	②	③
2	①	②	③
3	①	②	③
4	①	②	③
5	①	②	③

もんだい 4

れい	●	②	③
1	①	②	③
2	①	②	③
3	①	②	③
4	①	②	③
5	①	②	③
6	①	②	③
7	①	②	③
8	①	②	③

問題用紙

N4

聴解

（35分）

注　意

Notes

1. 試験が始まるまで、この問題用紙を開けないでください。
   Do not open this question booklet until the test begins.
2. この問題用紙を持って帰ることはできません。
   Do not take this question booklet with you after the test.
3. 受験番号と名前を下の欄に、受験票と同じように書いてください。
   Write your examinee registration number and name clearly in each box below as written on your test voucher.
4. この問題用紙は、全部で 15 ページあります。
   This question booklet has 15 pages.
5. この問題用紙にメモをとってもいいです。
   You may make notes in this question booklet.

受験番号 Examinee Registration Number	

名前 Name	

模擬試卷　詳解

聴解(ちょうかい)スクリプト

模擬試巻　スクリプト詳解

	1	2	3	4	5	6	7	8
問題 1	3	3	2	1	1	3	4	2
問題 2	1	2	4	2	3	3	4	
問題 3	1	2	1	3	2			
問題 4	2	3	1	2	2	1	3	1

（M：男性　F：女性）

問題 1

1 番　MP3 03-04-02

女の学生と男の学生が話しています。男の学生はこのあとすぐ何をしますか。

F：もうすぐテストだね。勉強してる？

M：教科書の問題をもう１度やってるよ。これ、借りてたノート、返すね。ありがとう。

F：ううん。ねえ、この問題がわからないんだけど、先生に聞きに行かない？

M：その数学の問題なら、さっき先生に聞いてノートに書いてあるよ。

F：本当？じゃ、教えて。

女學生與男學生正在談話。男學生在談話後要立刻做什麼呢？

F：考試馬上就要到了。你有讀書嗎？

M：我正在把教科書上的題目再做一次喔。這是向妳借的筆記，還妳喔。謝謝。

F：不客氣。對了，這題我不懂耶。我們去問老師吧。

M：要是那個數學問題的話，我剛剛已經問過老師並寫在筆記本上囉。

F：真的假的？那教我吧。

M：悪い、ノート教室に置いてきちゃった。それがないと、うまく説明できなくって。取ってくるよ。そうだ。授業でやったプリントも復習しておいたほうがいいよ。佐藤先生、そこからよく問題出すから。

F：わかった、復習しとく。

男の学生はこのあとすぐ何をしますか。

1. ノートを返す
2. 先生に質問に行く
3. 教室へノートを取りに行く
4. 女の学生に問題を説明する

M：不好意思，我把筆記放在教室了。沒筆記我也沒辦法好好地說明給妳聽。我去拿來！對了，上課時做過的測驗卷最好也複習一下喔。佐藤老師很愛從那裡出題。

F：好喔。我會先複習。

男學生在談話後要立刻做什麼呢？

1. 還筆記
2. 去問老師
3. 去教室拿筆記
4. 向女學生說明如何解題

正解：3

2番 MP3 03-04-03

女の人と男の人が話しています。女の人はきょう何をしなければなりませんか。

M：来週大阪に行くので、新幹線のチケット取ってくれないかな。

F：はい。

M：それから、今月の雑誌をお客様に届けてほしいんだ。

F：雑誌で紹介した会社ですね。あのう、今、岡田さんに仕事を教えているところなんですが。

M：それはきょうじゃなくてもいいよ。雑誌を先にお願い。でも、その前にチケットの予約、忘れないで。

F：はい。

女人與男人正在談話。女人今天必須要做什麼呢？

M：我下週要去大阪，妳可以去幫我買新幹線的票回來嗎？

F：好的。

M：然後，我希望妳把這個月的雜誌送去給我們顧客。

F：送去給這次在雜誌上有介紹到的那間公司對吧。不過，我現在正在教岡田有關工作的事情耶。

M：那個不用今天做也沒關係喔。麻煩妳先處理雜誌的事情。不過在那之前，別忘了先預約車票喔。

F：了解。

女の人はきょう何をしなければなりませんか。

1. お客様の会社に行ってから、新幹線のチケットを予約する
2. 会議の準備をしてから、お客様の会社に行く
3. 新幹線のチケットを予約してから、お客様の会社に行く
4. 新幹線のチケットを予約してから、仕事を教える

女人今天必須要做什麼呢？

1. 去顧客的公司後，再預約新幹線的車票。
2. 進行會議的準備後，再去顧客的公司。
3. 預約新幹線的車票後，再去顧客的公司。
4. 預約新幹線的車票後，再教工作的事。

正解：3

3番 MP3 03-04-04

学校で男の人と女の人が話しています。二人はいつゲームの展示会を見に行きますか。

M：木村さん、あしたこの展示会見に行かない？

F：ゲームの展示会？行きたいけど、あしたは火曜日でしょ。バイトがあるんだ。あさっての午後なら大丈夫だよ。

M：その日は映画を見に行こうって言ってたじゃないか。

F：あっ、そうだった。その次の日はサークルのみんなと駅で 1 時に待ち合わせだったよね。ゲームの展示会っていつまで？

M：木曜日までだけど。

F：じゃ、あさって行こうよ。映画はまだしばらくやってるでしょ。

M：そうだね。そうしよう。

學校裡男人與女人正在談話。兩個人什麼時候要去看遊戲的展示會呢？

M：木村同學，明天要不要一起去看這個展示會呢？

F：遊戲的展示會嗎？想是想去，但明天是週二吧！我要打工。要是後天下午的話就可以喔！

M：那天我們不是說好要去看電影嗎？

F：啊，對了，然後隔天再跟社團的人約 1 點在車站集合。遊戲的展示會到什麼時候為止呢？

M：到週四喔。

F：那我們後天去吧。電影暫時還會上映一陣子對吧！

M：沒錯。就這麼決定吧。

二人はいつゲームの展示会を見に行きますか。

1. 火曜日
2. 水曜日
3. 木曜日
4. 金曜日

兩個人什麼時候要去看遊戲的展示會呢？

1. 週二
2. 週三
3. 週四
4. 週五

正解：2

4番 MP3 03-04-05

女の人と店員が話しています。女の人は最初どの服を買うつもりでしたか。

M：いらっしゃいませ。

F：すみません。これちょっと大きすぎるんですけど。Mサイズありますか。

M：これですか。これはもうこのサイズしかありませんね。白は人気があるんですよ。

F：そうですか。じゃ、しょうがないよね。

M：黒と黄色ならS、M、L、全てありますけど。

F：そうですか。黒はちょっと……。じゃ、これにしようかな。

女の人は最初どの服を買うつもりでしたか。

1. 白いMサイズ
2. 白いLサイズ
3. 黒いMサイズ
4. 黄色いMサイズ

女人正和店員在談話。女人原本打算買哪一件衣服呢？

M：歡迎光臨。

F：不好意思，這個有點太大件了，有M號的嗎？

M：這一件嗎？這一件只剩下這個尺寸而已。因為白色的很受歡迎呀。

F：這樣啊，那就沒辦法了吧。

M：如果是黑色和黃色的話，S、M、L三個尺寸都有。

F：這樣啊，不過黑色有點……那我買這一件好了。

女人原本打算買哪一件衣服呢？

1. 白色M號
2. 白色L號
3. 黑色M號
4. 黃色M號

正解：1

重點解說

「～すぎる」有不符合期望的意思，女人說「大きすぎる」（太大）而改找 M 號，所以可以知道 L 號尺寸不合。另外從「白は人気があるんですよ」（白色的很受歡迎喔）這一句可以得知想要的是選項 1 的白色 M 號。本題問的是「女性原本打算買哪一件衣服」，不要和最後決定要買的衣服搞錯了。

☞ **關鍵字**

ちょっと（稍微、一點）、「～すぎる」（太～）、「～しかない」（只有～）、しょうがない（沒辦法）、「～なら」（如果是～）、「じゃ、～にしようかな」（那就決定是～）

【顏色】赤（紅色）、青（藍色）、白（白色）、黄色（黃色）、みどり（綠色）、黒（黑色）、茶色（咖啡色）、ピンク（粉紅色）、紫（紫色）

5 番 MP3 03-04-06

会社で男の人と女の人が話しています。男の人はこのあと、何をしますか。	公司裡男人與女人正在談話。男人在談話後要做什麼呢？
F：おはようございます。東京銀行の佐藤さんと DCE 貿易の森さんから電話がありました。佐藤さんはちょっと寄ってほしいそうです。それから、森さんは会う時間を変えてほしいって。	F：早安。您有東京銀行的佐藤先生及 DCE 貿易的森先生的來電。聽說佐藤先生好像希望您過去一趟的樣子。然後，聽說森先生好像是希望更改會面的時間。
M：そう。じゃ、東京銀行へは午後前川工業に行った後、行こうかな。	M：這樣啊。那下午我去了前川工業之後，再去東京銀行吧。
F：佐藤さんはできれば急いで会いたいそうですけど。	F：聽說佐藤先生好像是希望可以的話盡快會面的樣子。
M：そっか、じゃ、これから、行ってくるよ。前川工業とは新商品のことで相談があって、何時に終わるかわからないから。	M：這樣啊。那我等一下就去吧。跟前川工業是要談新商品的事，要談到幾點才會結束我也不知道。
F：でも、もうすぐ会議が始まる時間ですよ。	F：不過，會議馬上要開始了喔。

M： そっちは木村さんが出てよ。

F： わかりました。

男の人はこのあと、何をしますか。

1. 東京銀行へ行く
2. DCE 貿易の人に会う
3. 前川工業へ説明に行く
4. 会議に出席する

M： 木村會出席會議喔。

F： 了解。

男人在談話後要做什麼呢？

1. 去東京銀行
2. 與DCE貿易的人會面
3. 去前川工業向他們說明
4. 出席會議

正解：1

6番 MP3 03-04-07

男の人と女の人が話しています。2人はこれからまずどこへ行きますか。

F： きょうも本売り場へ行くでしょう。

M： うん、もちろん。6階だったよね。

F： ううん、その下の階。6階はテレビや台所で使うものの売り場。

M： ああ、そうだっけ。あとは仕事で着るシャツがほしいな。

F： それは4階ね。あとは、地下1階で晩ごはんの買い物。ここの果物も野菜も新しくておいしいんだよ。

M： へえ、じゃ、まずは5階に行かない？

F： いいよ。

2人はこれからまずどこへ行きますか。

男人與女人正在談話。兩個人在談話後首先去哪裡？

F： 你今天也要去書的賣場吧？

M： 嗯，當然囉。在6樓吧。

F： 不是喔，在你說的下一樓。6樓是電視與廚房用具的賣場。

M： 啊，是這樣嗎？然後我還想買工作要穿的襯衫。

F： 那在4樓喔，然後還要去地下1樓買晚餐的東西。這裡不論蔬菜還是水果都新鮮又好吃喔。

M： 真的嗎？那我們先從5樓開始逛吧？

F： 好喔。

兩個人在談話後首先去哪裡？

正解：3

7番 MP3 03-04-08

男の人と女の人が話しています。女の人はこのあと何をしますか。

M：この料理すごく簡単なんですよ。野菜を洗って、切って、焼くだけなんです。きょうはお肉も野菜といっしょに焼きます。

F：そんなのでおいしいんですか。

M：このソースがおいしいですからね。

F：へえ、じゃ、野菜を洗うところからですね。

M：切るところまでやってあります。先にこっちを作ってみましょう。醤油や砂糖、お味噌で作ります。焼くのは最後です。

F：はい。

女の人はこのあと何をしますか。

男人與女人正在談話。女人在談話後要做什麼呢？

M：這個料理的做法超簡單的喔。只要把蔬菜給洗、切，然後烤就行了。今天我們把蔬菜和肉一起烤。

F：因為這樣搭配所以好吃是嗎？

M：是因為這個醬汁很好吃啦。

F：原來如此。那從洗蔬菜開始是吧。

M：蔬菜已經都切好啦。我們先從這個階段開始做看看吧！用醬油、砂糖、味噌來做，最後才是要烤。

F：好的。

女人在談話後要做什麼呢？

正解：4

8番 MP3 03-04-09

学校で先生が話しています。学生はこれから、まず、どこへ行きますか。

M：明日のスピーチ大会について説明します。パソコンやマイクなど、必要なものは、202 教室に置いてあります。あとでスピーチ大会を行う 505 教室へ持っていてください。持っていく前にマイクが使えるかどうか確認してください。明日はほかの学校の人も来ます。ほかの学校の先生や学生が休む部屋は 203 教室です。私は 201 教室にいます。もし、明日、マイクの音が出ないとか、パソコンが動かない時は、私がいる教室まで、来てください。

学生はこれから、まず、どこへ行きますか。

1. 201 教室
2. 202 教室
3. 203 教室
4. 505 教室

學校裡老師正在說話。學生在老師說完話後，首先去哪裡呢？

M：我來說明一下有關明天的演講大會。電腦或麥克風等必要的東西已經都放在 202 教室了，等一下請拿到要舉行演講大會的 505 教室去。拿走之前請確認麥克風能不能用。明天別校的人也會來，別校的老師及學生的休息室是 203 教室。我則待在 201 教室。要是明天有麥克風無法出音或是電腦動不了的情形，請來我在的那間教室。

學生在老師說完話後，首先去哪裡呢？

1. 201教室
2. 202教室
3. 203教室
4. 505教室

正解：2

問題 2

1番 MP3 03-04-11

会社で男の人と女の人が話しています。男の人はどうして漫画を読み始めたのですか。

F：佐藤さん、昼休みはいつも漫画だね。本当に好きだね。

M：いや、好きじゃなかったんだけど、友達がいいって言うから読んでみたら、おもしろくてとまらなくなっちゃって。北川さんも読んでみたら？

F：実は私、それ読んだことあるんだ。その漫画家が大好きだから。

M：へえ。この漫画、最近すごい人気みたいだね。読み終わったら、今度は翻訳されたのを読もうと思ってるんだ。

F：漫画は外国語の勉強にもなるもんね。

男の人はどうして漫画を読み始めたのですか。

1. 友達にすすめられたから
2. この漫画家が好きだから
3. 最近人気のある漫画だから
4. 外国語の勉強になるから

公司裡男人與女人正在談話。男人為什麼開始看漫畫了呢？

F：佐藤先生，你午休總在看漫畫耶。你真的很喜歡漫畫呢。

M：不是的，本來稱不上喜歡，但朋友說不錯所以我才試著看，結果還真的蠻有趣的導致欲罷不能。北川小姐妳要不要也讀看看？

F：其實啊，那部作品我有看過喔。因為我超喜歡那位漫畫家的。

M：是喔。這部漫畫，最近超有人氣的樣子。這部看完後接下來我要看有翻譯的版本。

F：漫畫對外語學習也是有幫助的呢。

男人為什麼開始看漫畫了呢？

1. 因為朋友力薦
2. 因為喜歡這位漫畫家
3. 因為是最近當紅的漫畫
4. 因為有助於外語的學習

正解：1

2番 MP3 03-04-12

会社で男の人と女の人が話しています。女の人はどうして昼ごはんを食べないのですか。

M：木村さん、お昼行かないの？

F：これやってから行きますから、課長、お先にどうぞ。

M：その仕事なら、午後でもいいよ。ちゃんと食べないとおなかすくよ。

F：実は、先週、娘が留学したばかりなんです。困ってないか、うまくやってるかって考えると食べる気にならなくて。

M：ああ、僕も子供が留学したとき、心配で何を食べてもおいしいと思えなかったよ。医者には、ダイエットできるから、ちょうどいいじゃないかって言われてたんだけどね。

女の人はどうして昼ごはんを食べないのですか。

1. やらなければならない仕事があるから
2. 子供のことが心配だから
3. おいしくないから
4. ダイエットしているから

公司裡男人與女人正在談話。女人為什麼不吃午飯呢？

M：木村小姐，妳不去吃午餐嗎？

F：我要先把這個做完後才去。課長，您請先去吧。

M：那個工作的話下午做也行喔。不好好吃個飯肚子會餓喔。

F：其實啊，上週我女兒剛去留學。一想到她是否遇到困難，有沒有一切順利就沒什麼食慾了。

M：啊，我也是小孩留學的時候因為擔心，所以不論吃什麼都索然無味。醫生說，這樣剛好可以減肥，不正好皆大歡喜嗎？

女人為什麼不吃午飯呢？

1. 因為有必須要做的工作
2. 因為擔心小孩的事
3. 因為不好吃
4. 因為正在減肥中

正解：2

重點解說

遇到要思考理由的題目時，在「実は」（其實是）之後，多可見到真正的理由被提及。

3番 MP3 03-04-13

男の人と女の人が話しています。どうして女の人はその帽子を買いませんか。

M：この帽子、いいんじゃない？きれいな色だし。

F：そうねえ。でも……。

M：値段も安いよ。1800円だって。デザインも悪くないと思うよ。

F：私もそう思うわ。でも、誕生日のプレゼントで貰ったの。たぶん、お母さん、ここで買ったんだわ。

どうして女の人はその帽子を買いませんか。

1. 値段が高いから
2. デザインが良くないから
3. 色が嫌いだから
4. 同じのを持っているから

男人與女人正在談話。為什麼女人不買那頂帽子呢？

M：這頂帽子不錯呀！顏色也很棒。

F：沒錯啦。但是……

M：價格也很便宜喔。聽說1800日圓的樣子。我覺得設計也不差嘛。

F：我也是這麼想喔。可是，我得到的生日禮物就是這款喔。我媽大概就在這裡買的吧。

為什麼女人不買那頂帽子呢？

1. 因為價格貴
2. 因為設計不佳
3. 因為討厭帽子的顏色
4. 因為有一樣的

正解：4

4番 MP3 03-04-14

女の人と男の人が話しています。女の人はどうして朝早く会社に来たのですか。

M：おはよう。早いね。ああ、今朝は会議があるからね。

F：会議の準備はきのうしておいたから、そのためじゃないんだ。

M：そう。

女人與男人正在談話。女人為什麼一大早就來公司了呢？

M：早安。妳今天來得真早呀。啊，因為今天早上有會議嗎？

F：因為昨天就把會議的事準備好了，所以不是為了這個原因。

M：這樣啊。

F：会議の準備を先にやってたら、ほかの仕事が終わらなくて。

M：ああ、それで。朝早い電車に乗ると、座れるからいいでしょう。

F：うん、ぜんぜん違うわ。

女の人はどうして朝早く会社に来たのですか。

1. 会議があるから
2. 仕事をするため
3. 込んだ電車に乗りたくないから
4. 早い電車に乗れたから

F：是因為先忙完會議的準備後，結果其他的工作就沒做完了。

M：哦，所以才這樣啊。一大早搭電車，有位子坐很棒吧。

F：嗯，真的是完全不一樣呢。

女人為什麼一大早就來公司了呢？

1. 因為有會議
2. 因為要工作
3. 因為不想搭擁擠的電車
4. 因為能搭上早班電車

正解：2

5番 MP3 03-04-15

お母さんと息子が話しています。息子はどうしてカゼをひいたのですか。

M：ねえ、カゼ薬ない？熱もあるかも。

F：傘もささないで、歩いてたら、カゼ引くのは当たり前よ。最近はカゼを引いている人が多いから、気をつけなさいって言ってたでしょ。

M：傘は持ってたよ。きのうはすごい風だったから、家に帰る途中で、傘が壊れちゃったんだよ。僕だって、カゼを引きたくないから、帰ったら、手洗いとうがい、ちゃんとしてたのになあ。

息子はどうしてカゼをひいたのですか。

1. 傘を持っていなかったから
2. 友達がカゼを引いていたから
3. 傘が壊れたから
4. 手を洗わなかったから

母親跟兒子在談話。兒子為什麼得了感冒呢？

M：欸，沒有感冒藥了嗎？我可能也有發燒。

F：不撐傘走在雨中的話，得到感冒是理所當然的吧。我之前一直跟你說最近因為很多人感冒，所以要小心吧。

M：我有帶傘喔。但因為昨天颳著強風，回家的路上傘就壞了嘛。我也不想感冒嘛，所以回來後都有好好地洗手跟漱口呀。

兒子為什麼得了感冒呢？

1. 因為沒帶傘
2. 因為朋友得了感冒
3. 因為傘壞了
4. 因為沒洗手

正解：3

6番 MP3 03-04-16

男の人と女の人が話しています。女の人はどうするつもりですか。

男人與女人正在談話。女人打算怎麼做呢？

F：この間、借りた本なんだけど、コーヒーを飲みながら読んでたら、汚しちゃって。ごめんね。

F：前陣子，我在邊喝咖啡邊閱讀向你借的那本書時，把書給弄髒了。真是抱歉。

M：えっ？ああ、でも、いいよ。もう読んだ本だから、あげるよ。

M：什麼？啊，不過，沒關係啦。因為那本我已經讀過了，就給妳吧。

F：それはちょっと。

F：那怎麼可以呢……

M：じゃ、返してくれてもいいけど。

M：那還給我也好。

F：実は、本屋さんで予約したんだけど、まだ来てないの。

F：其實，我在書店訂了相同的書，只是還沒來。

M：そんなことしなくてもよかったのに。

M：其實不用這樣啦。

女の人はどうするつもりですか。

1. 男の人に本をもらう
2. 男の人に本をそのまま返す
3. 新しい本を買って男の人に返す
4. 新しい本を今から買いに行く

女人打算怎麼做呢？

1. 收下男人的書
2. 把書原封不動的還給男人
3. 買本新的書還給男人
4. 等一下就去買新書

正解：3

7番 MP3 03-04-17

会社で女の人と男の人が話しています。女の人がこの会社でアルバイトしたい一番の理由は何ですか。

M：佐藤さんはどうして私たちの会社で働いてみたいですか。

F：学校でコンピューターの勉強しているので、将来、コンピューターの会社で働きたいと思っています。そして、私はこの会社のパソコンが大好きです。それがここでアルバイトしたい一番の理由です。今、1年生ですが、ここで働くと、学校の勉強ももっとよくわかると思うんです。

M：ああ、なるほどね。えー、週にどのくらい働けますか。

F：大学から近いので、週に3、4日働くことができます。

M：わかりました。

女の人がこの会社でアルバイトしたい一番の理由は何ですか。

1. 大学でコンピューターの勉強をしているから
2. 卒業してから、この会社に入りたいから
3. 大学から近いから
4. この会社のパソコンが好きだから

在公司裡女人與男人正在談話。女人想在這間公司打工最重要的理由是什麼呢？

M：佐藤小姐為什麼想嘗試在我們公司工作呢？

F：因為我在學校主修電腦，所以希望將來在電腦相關的公司工作。而且，我很喜歡這間公司的電腦。這是我之所以想在這裡打工的理由中最重要的一個。現在我雖然還是一年級學生，但在這裡工作的話，我想在學校學的東西也能更加理解吧。

M：喔，原來如此。那麼，妳一週可以工作到什麼程度呢？

F：因為離大學很近，所以一週可以工作個3、4天。

M：好的，我知道了。

女人想在這間公司打工最重要的理由是什麼呢？

1. 因為在大學裡主修電腦
2. 因為畢業後想進這間公司
3. 因為距離大學近
4. 因為喜歡這間公司的電腦

正解：4

問題 3

1番 MP3 03-04-19

F：CDの音が小さくて困っています。何と言いますか。

M：1. 先生、音を大きくしていただけませんか。
2. 先生、音が小さいので、大きくしたほうがいいですか。
3. よく聞こえないんですが、先生、大きい声でお願いします。

F：因為CD的音量很小所以覺得傷腦筋。這時說什麼好呢？

M：1. 老師，可以調高音量嗎？
2. 老師，因為音量很小，所以調高音量比較好嗎？
3. 聽不到呢……老師，麻煩您大聲點。

正解：1

2番 MP3 03-04-20

F：課長が先に帰ります。何と言いますか。

M：1. ご苦労さまでした。
2. お疲れさまでした。
3. ごちそうさまでした。

F：課長要先下班回家。這時說什麼好呢？

M：1. 辛苦啦！
2. 您辛苦了。
3. 多謝您的款待。

正解：2

3番 MP3 03-04-21

M：大学に合格しました。先生に何と言いますか。

F：1. 先生、おかげさまで受かりました。
2. 合格したら、先生にお知らせします。
3. 大学に受かったそうですね。

M：考上大學了。這時向老師說什麼好呢？

F：1. 老師，託您的福我考上了。
2. 考上的話，一定通知老師您。
3. 聽說考上大學了耶。

正解：1

4番 MP3 03-04-22

F：先輩が忙しそうなので、手伝いたいです。何と言いますか。

M：1. 遠慮しないでください。お手伝いします。

2. よかったら、手伝っていただけないでしょうか。

3. 何かお手伝いできることはありませんか。

F：因為前輩很忙的樣子，所以想幫忙。這時說什麼好呢？

M：1. 請您不用客氣。我來幫您。

2. 可以的話，幫我一下好嗎？

3. 有沒有什麼我可以幫忙的地方呢？

正解：3

重點解說

選項 1 是提出想幫忙的意思，卻被前輩一度拒絕後所說的表現方式。除了選項 3 以外，「お手伝いしましょうか」（我來幫忙吧）這樣的表現方式也可以用。

例：「先輩、何かお手伝いしましょうか。」（前輩，我來幫您些什麼吧？）

5番 MP3 03-04-23

M：雪で電車が止まっています。友達に何と言いますか。

F：1. もうすぐ雪が止むから、電車で行けそうだね。

2. 今、雪で電車が動いてないんだって。

3. 雪で電車が遅れているらしいよ。

M：因大雪以致電車停駛。這時向朋友說什麼好呢？

F：1. 雪馬上就要停了，可以搭電車去的樣子。

2. 聽說現在因大雪的緣故所以電車動不了。

3. 因為大雪之故電車好像會延遲的樣子。

正解：2

問題 4

1 番 MP3 03-04-25

F：勉強を始めたばかりなのに、日本語がお上手ですね。

M：1. それはよかったですね。

2. いいえ、そんなことありません。

3. はい、1 年前に勉強を始めました。

F：你明明才剛開始學而已，但日文真厲害耶。

M：1. 那真是太好了。

2. 不，沒那回事。

3. 是的，我是一年前開始學的。

正解：2

重點解說

選項 1 是在對方有了好消息時使用。

例：

A：試験に合格しました。（我考試合格了。）

B：それはよかったですね。（那真是太好了。）

2 番 MP3 03-04-26

M：これ京都のお土産です。どうぞ召し上がってください。

F：1. ごちそうさまでした。

2. つまらないものですが。

3. わざわざ、すみません。

M：這是京都的名產。敬請享用。

F：1. 多謝您的款待。

2. 不成敬意的小東西啦。

3. 特地帶給我，真是謝謝您。

正解：3

重點解說

選項 2 是給人東西的那一方說的話。

3番 MP3 03-04-27

F：会議(かいぎ)のコピーできてますよね。

M：1. はい、会議室(かいぎしつ)に運(はこ)んであります。

2. はい、コピーできますよ。

3. ありがとう。助(たす)かりました。

F：會議用的資料已經印好了吧。

M：1. 是的，已經送去會議室了。

2. 是的，可以影印喔。

3. 謝謝，真是幫了我大忙。

正解：1

重點解說

「～よね」是再確認的說法。

4番 MP3 03-04-28

F：そろそろ、教室(きょうしつ)に戻(もど)らなきゃね。

M：1. 教室(きょうしつ)に忘(わす)れ物(もの)をしたの？

2. そうだね。もう行(い)かないと遅刻(ちこく)しちゃうね。

3. 授業(じゅぎょう)に間(ま)に合(あ)ってよかったね。

F：我們差不多該回教室了吧。

M：1. 有東西忘在教室嗎？

2. 是啊。再不去會遲到。

3. 趕得及上課太好了呢。

正解：2

重點解說

「戻(もど)らなきゃ」(必須回去)是「戻(もど)らなければならない」的簡短說法。「～ね」因為是求得對方同意的說法，所以表示是一起回教室這樣的情境。

5番 MP3 03-04-29

F：この店(みせ)、こんなにおいしいとは思(おも)わなかった。

M：1. うん、そんなにおいしいとは思(おも)わないね。

2. そうでしょう？おいしいでしょう？

3. 友(とも)だちはおいしいって言(い)ってたんだけどなあ。

F：沒想到這間店的料理這麼好吃。

M：1. 嗯，我不覺得有那麼好吃。

2. 沒錯吧？很好吃吧？

3. 但我朋友說很好吃呀。

正解：2

6番 MP3 03-04-30

F：買い物、もう終わったの？ M：1. 待たせてごめんね。 2. お久しぶり。 3. ちょっと待っててくれない？	F：你已經買完東西了嗎？ M：1. 抱歉讓你久等了。 2. 好久不見了。 3. 可以等我一下嗎？ 正解：1

7番 MP3 03-04-31

F：山本先生のレポートのことで聞きたいことがあるんだけど。 M：1. すみません。レポートなら、明日出します。 2. レポートは何について書けばいいの？ 3. わからないことがあったら、何でも聞いて。	F：關於山本老師的報告我有些東西想問您。 M：1. 抱歉，報告我明天會交出去。 2. 報告要寫關於什麼內容好呢？ 3. 若有不懂的地方，歡迎儘量詢問。 正解：3

重點解說

「聞きたいことがあるんだけど」（有些東西想問您）用於希望對方告訴自己不清楚的事情時。更有禮貌的說法是「お伺いしたいことがあるんですが」。

8番 MP3 03-04-32

M：もう少ししたら、降るんじゃない？傘持っていったら？ F：1. 本当だ。降りそうだね。持っていくよ。 2. うん、雨じゃなくて、よかったね。 3. わあ、すごい雨だ。傘は役に立たないかも。	M：再一會兒就會下雨吧！帶傘去如何？ F：1. 真的耶！眼看就要下雨的樣子。我帶著去吧！ 2. 嗯，沒下雨太好了。 3. 哇，雨好大喔！雨傘可能沒什麼用。 正解：1

重點解說

「降るんじゃない？」（會下雨吧？）表示雖然還沒下雨，但說話者認為會下的意思。

日月文化集團
HELIOPOLIS
CULTURE GROUP
客服專線 02-2708-5509
客服傳真 02-2708-6157
客服信箱 service@heliopolis.com.tw

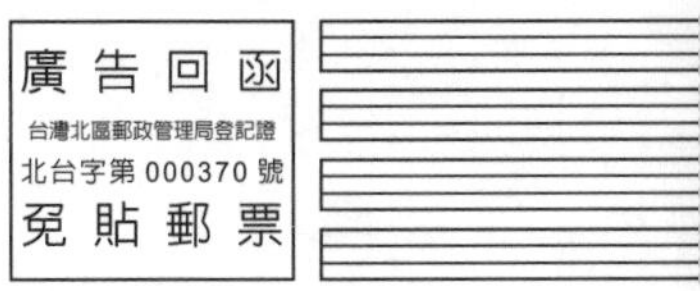

日月文化集團 讀者服務部 收

10658 台北市信義路三段151號8樓

對折黏貼後，即可直接郵寄

日月文化網址：**www.heliopolis.com.tw**

最新消息、活動，請參考 FB 粉絲團

大量訂購，另有折扣優惠，請洽客服中心（詳見本頁上方所示連絡方式）。

日月文化

EZ TALK

EZ Japan

EZ Korea

大好書屋・寶鼎出版・山岳文化・洪圖出版    

感謝您購買 日檢N4聽解總合對策（全新修訂版）

為提供完整服務與快速資訊，請詳細填寫以下資料，傳真至02-2708-6157或免貼郵票寄回，我們將不定期提供您最新資訊及最新優惠。

1. 姓名：＿＿＿＿＿＿＿＿ 性別：□男 □女
2. 生日：＿＿年＿＿月＿＿日 職業：
3. 電話：（請務必填寫一種聯絡方式）
   （日）＿＿＿＿（夜）＿＿＿＿（手機）＿＿＿＿
4. 地址：□□□ ＿＿＿＿＿＿＿＿
5. 電子信箱：＿＿＿＿＿＿＿＿
6. 您從何處購買此書？□＿＿＿＿縣/市＿＿＿＿書店/量販超商
   □＿＿＿＿網路書店 □書展 □郵購 □其他
7. 您何時購買此書？ 年 月 日
8. 您購買此書的原因：（可複選）
   □對書的主題有興趣 □作者 □出版社 □工作所需 □生活所需
   □資訊豐富 □價格合理（若不合理，您覺得合理價格應為＿＿＿＿）
   □封面/版面編排 □其他＿＿＿＿
9. 您從何處得知這本書的消息： □書店 □網路／電子報 □量販超商 □報紙
   □雜誌 □廣播 □電視 □他人推薦 □其他
10. 您對本書的評價：（1.非常滿意 2.滿意 3.普通 4.不滿意 5.非常不滿意）
    書名＿＿ 內容＿＿ 封面設計＿＿ 版面編排＿＿ 文/譯筆＿＿
11. 您通常以何種方式購書？□書店 □網路 □傳真訂購 □郵政劃撥 □其他
12. 您最喜歡在何處買書？
    □＿＿＿＿縣/市＿＿＿＿書店/量販超商 □網路書店
13. 您希望我們未來出版何種主題的書？＿＿＿＿
14. 您認為本書還須改進的地方？提供我們的建議？